人文阅读与收藏·良友文学丛书

舒乙题

原丛书主编：赵家璧

特 邀 顾 问：舒 乙 赵修慧 赵修义 赵修礼 于润琦

出 品 人：马连弟
监　　制：李晓琤
执　　行：张娟平
统　　筹：吴 晞 姚 兰
装帧设计：赵泽阳

特别鸣谢（按姓氏笔画排列）：
韦 韬 叶永和 李小林 沈龙朱 陈小滢 杨子耘
张 章 周 雯 周吉仲 舒 乙 蒋祖林 施 莲
姚 昕 俞昌实 钟 蕻 郑延顺 赵修慧
以及在版权联系过程中尚未联系到的作者或家属

特别鸣谢：
上海鲁迅纪念馆
北京鲁迅博物馆
北京大学中国语言文学系
复旦大学中国语言文学系
中国作家协会权益保障委员会

人文阅读与收藏·良友文学丛书

闲 书

郁达夫 著

中国国际广播出版社

良友版《闲书》精装本封面

良友版《闲书》精装本护封黑白照

良友版《闲书》扉页

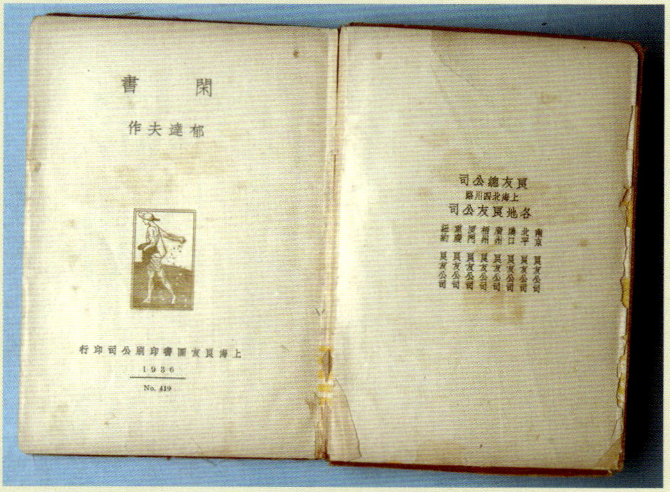
閑書
郁達夫作
上海良友圖書印刷公司印行
1936
No. 419
良友總公司
上海北四川路
各地良友公司
南京良友公司
北平良友公司
漢口良友公司
廣州良友公司

良友版《闲书》编号页

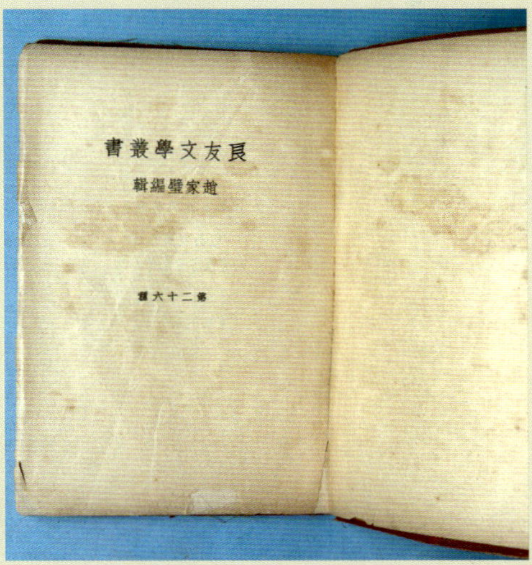

良友版《闲书》版权页和目录页

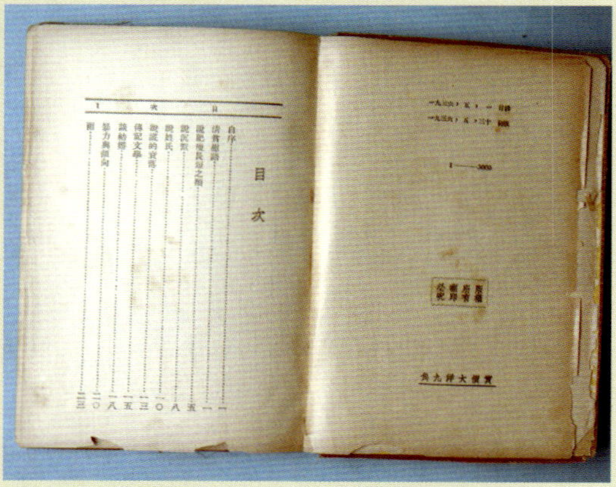

良友版《闲书》内文

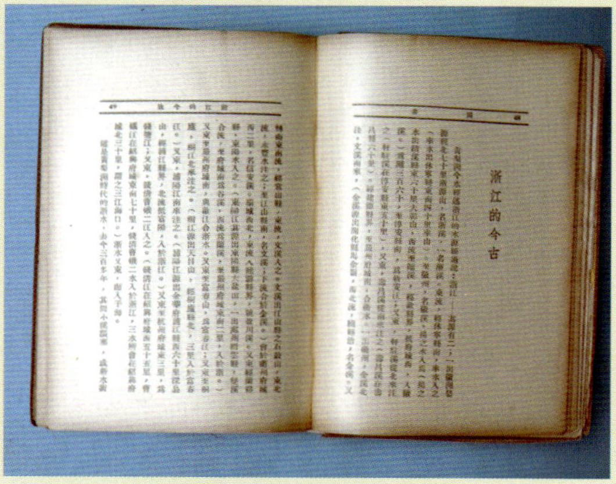

《良友文学丛书》新版出版说明

二十世纪三四十年代，著名编辑赵家璧在上海良友图书公司老板伍联德的支持下，历经十余年，陆续出版《良友文学丛书》，计四十余种。其中三十九种在上海出版，各书循序编号，后出几种则无。该套丛书以收入当时左翼及进步作家的作品为主，也选入其他各派作家作品。其中小说居多，兼及散文和文艺论著；第一号是鲁迅的译作《竖琴》。丛书一律软布面精装（亦有平装普及本)，外加彩印封套，书页选用米色道林纸，售价均为大洋九角。

《良友文学丛书》选目精良，在现在看来，皆为名家名作；布面精装的装帧更是被许多爱书人誉为“有型有款”。不可否认，在装帧设计日益进步的当下，这套出版于二十世纪三四十年代的丛书外形已难称书中翘楚，但因岁月洗汰，人为毁弃，这套曾在出版史上一度“金碧辉煌”过的丛书首版已然成为新文学极其珍贵的稀见“善本”。

在《良友文学丛书》首版八十周年之际，为满足现代普通读者和图书馆对该丛书阅读与收藏的需求，我们依据《良友文学丛书》旧版进行再版（四种特大本不在其列）。本着尊重旧版原貌的原则，仅对旧版中失校之处予以订正。新版《良友文学丛书》采用简体横排的形式，以旧版书影做插图，装帧力求保持旧版风格，又满足当下读者的审美趣味。希望这一出版活动对缅怀中国出版前辈们的历史功绩和传承中国文化有所裨益，也希望广大读者多提宝贵意见和建议，以便我们把日后的工作做得更好。

《良友文学丛书》新版校订说明

一、本丛书收录原良友图书公司编辑赵家璧主编《良友文学丛书》共四十六种（四种特大本不在其列），乃为目前发现且确系良友版之全部。

二、此番印行各书，均选择《良友文学丛书》旧版作为底本，编辑内容等一律保持原貌，未予改窜删削。

三、所做校订工作，限于以下各项：

（1）将繁体字改为简体字；

（2）原作注释完全保留；

（3）尽量搜求多种印本等资料进行校勘，并对显系排印失校者在编辑中酌予订正；

（4）前后字词用法不一致处，一般不做统一纠正；

（5）给正文中提到的书籍和文章及其他作品标上书名号，原作书名写法不规范、不便添加符号者，容有空缺；

（6）书名号以外其他标点符号用法，多依从作者习惯，除个别明显排印有误者外均未予改动。

目　次

自序

平常出书，不大喜欢作自序，而请旁人为代写一篇的麻烦事情，当然是更不愿意做了。近来偷懒取巧的习惯，与年岁同时进了步，所以看书的时候，也爱看看那些写在书前面的绪言导词之类；有时患着无事忙病，竟有凭了一篇序文而来决定要不要把那册书读完的行动。这一回轮到了自己出书的头上，自然要想在书的前面，也写些什么了，先让我来释明一下这书命名的由来。

简单明了地说一句，下面所收集起来的许多短长杂稿，都是闲空不过，才拿起笔来写出的；所以事忙的人，简直可以不读，这一种书，终于也还是帮闲的作品。不过仔细一想，凡一个人到了拿笔管写写的时候，总是属于闲人一类的居多，忙人是决不会去干这些无聊的余事的；同样想拿起一册书来读读的人，必然地也非十分有闲者不可，忙人连吃饭睡觉的工夫都没有，又那里会起看书的心思。中国一向，就把看书当作是消闲的动作，故而对于那些小说笔记之类的册籍，统叫作闲书，说它们的无关大体，得遣闲时；我以为这一个称呼，实在是最简洁适当也没有的了，所以就拿来做了我的书名。

列宁曾经在一本国家与革命的小册子上说过一句有趣的话，以这话来说明写稿子的人的闲空，觉得尤其合适，所以想在这里把它引用一下，来嘲笑嘲笑自己的无聊。他说："这书后半部还没有写成，而自己却要去干实际的革命工作去了。"做些实际的事情，当然要比弄弄纸笔，说说空话有趣得多；"予岂好辩哉，予不得已也"，说起来倒有点像孔孟之徒了，但被天强派作了闲人之后，他的寂寞与凄凉，也并不是可以借了一句两句的话来说出的。

一九三六年四月末日

清贫慰语

洪范五福，二曰富；同时五极，四曰贫。当然，富与贵，是人之所欲；而贫与贱，也是人之所恶的。可是贵者必富，似乎是“自古已然，于今为烈”的定则；因为“子夏贫甚，人曰，子何不任？子夏曰，诸侯之骄我者，我不为臣，大夫之骄我者，我不复见。”终而至于悬鹑衣于壁，这定则，在西洋却并不通用；倍根论富，也同中国的古圣昔贤一样，以大地为致富之源，但其来也缓慢，而费力也多。其次则他在说商贾之致富，专卖垄断之致富，为役吏或因职业之致富，虽则都可以很快的发财，然而却不高尚。

西哲的视富，也和中国圣人的为富不仁，为仁不富的调子一样。倍根的大斥高利贷的地方倒颇有些近世社会主义者所说的剩余价值，与不当利得的倾向。

尤其是说得有趣的，是在讲到财神 Plutus 的势利的一点。他说财神于受到 Jupiter 大神的命令的时候，总缓缓跛行，姗姗而去；但一得到死神中之掌财魔王 Pluto 的命令的时候，却飞奔狂跳，唯恐不及了。所以致富之道的最快的手段，是在弄他人至死，而自己因之得财的一条路，譬如得遗产之类，就是。其次则如做恶事，坏良心，行奸邪，施压迫，亦是致富的捷径。总而言之你若想富，你得先弄人贫。散文的祖宗，法国蒙泰纽，在他的一篇《论一人之得就是他人之失》的短文里也说，一位雅典的卖葬式器具者，每以劣货而售重价，因而 Demades 痛斥其为不仁，因他的利益，就系悬在他人的死的上面的。蒙泰纽却又进一步说，不独卖葬具者为然，凡天下之得利者，都该痛斥。商人利用青年的无节制，农夫只想抬高谷价，建筑师希望人家屋倒，讼师唯恐天下没有事，就是善誉者以及牧师，也是因为我们作恶或死人时才有实用。医生决不喜欢人的健康，兵士没有一个是爱和平的。

如此说来，很简单的一句话，是富者都是恶人，善人没有一个不穷的人。因为弄成了我们的穷，然后可以致他的富。不过因节俭而致富，因无中生有的生产而致富，如其富得正当而不害及他人者，又当别论。

那么贫穷的人是不是都可以宝贵的呢？倍根先生也在说，对于那些似乎在看不起富的人，也不可一味的轻信，因为他们的看不起富，是实在对于富是绝望了；万一使他们也能得到，那时候他们可又不同了。所以是清而且贫者为上，懒而且贫者次之，孜孜欲富而终得其贫者为最下。像黔娄子的夫妻，庶几可以当得起清贫的两字了，且看高士传，“黔娄子守道不屈，卒时覆以布被，覆头则足露，覆足则头露。或曰，斜其被则敛矣！其妻曰，斜而有余，不如正而不足！”

现在一般人的不守清贫，终至卑污堕落的原因，大抵在于女人；若有一位能识得斜而有余不如正而不足的女人在旁，那世界上的争夺，恐怕可以减少一半。

其次则还有一位与势利的财神相对立的公正的死神在那里；无常一到，则王侯将相，乞丐偷儿，都平等了。俗语说：“一双空手见阎君！”这实在是穷人的一大安慰；而西洋人的轮回之说比此还要更进一步。耶稣教的轻薄富人，是无所不用其极的；他们说，富者欲入天国，难于骆驼之穿针孔；所以倍根也说，财富是德性的行李，譬如行军，辎重财富，是进军之大累也。

说肥瘦长短之类

人体的肥瘦长短，照中国历来的审美标准来看，似乎总是瘦长的比肥短的美些。从古形容美人，总以长身玉立的四字为老调，而“嫫母倭傀，善誉者不能掩其丑”，也是大家所熟知的典故。按常理来说，大约瘦者必长，肥者必倭；但人身不同，各如其面，肥瘦长短的组合配分，却不能像算术上的组合法那么简单。所以同外国文中不规则动词的变化一样，瘦而短，肥且长的阴性阳性，美妇丑男，竟可以有，也竟可以变得非常普通。

若把肥瘦长短分开来说，则燕瘦环肥，各臻其美，尧长舜短，同是圣人；倘说唐明王是懂得近世择美人鱼的心理的人，则不该赉送珍珠，慰她寂寥。倘说人长者必美，短者必丑，则尧之子何以不肖，而娥皇女英又如何肯共嫁一人。

关于肥瘦，若将美的观点撇开，从道义人品来立论，则肥者可该倒霉了。訾食者不肥体，是管子的金言；子贡淫思七日，不寝不食，以至骨立，的是圣门弟子的行为。饭颗山头逢杜甫，他老人家只为了忠君爱国，弄得骨瘦如柴。桓温之孽子桓元，重兼常儿，抱辄易人，终成了篡位的奸臣，被人杀戮；叔鱼之母，见了她儿子的鸢肩牛腹，叹曰，溪壑可盈，是不可餍也，必以贿死，遂勿视。凡此种种，都是说肥者坏，瘦者好的史实，而韩休为宰相，弄得唐玄宗不敢小有过差，只能勉强说一句吾貌虽瘦，天下则肥的硬好汉语来解嘲，尤其是有名的故事。

反过来从长短来说，中国历史里，似乎是特别以赞扬矮子的记录为多。第一，有名的大政治家矮的却占了不少，周公伊尹，全是矮子，晏子长不满六尺，而身相齐国，名显诸侯。孟尝君乃眇小丈夫，淳于髡亦为人甚小。其他如能令公喜公怒的短主薄王珣，磨穿铁砚赋日出扶桑的半人桑维翰等，都系以矮而出名者，比起长大人来（当然也是很多），短小人决不会有逊色。武人若伍子胥，若韩王信辈，都系长人，该没有矮子的分了，而专诸郭解，相传亦是矮人。

看了这些废话，大家怕要疑我在赞成瘦子矮子了，但鄙意却没有这样简单。对于美人，我当然也是个摩登的男子，“软玉温香抱满怀”，岂不是最快活也没有的事情？至于政治家呢，我觉得短小精悍的拿破仑，究竟要比自己瘦长因而卫兵也只想挑长大的普国弗列特克大王好得多。若鸟喙长颈的肾水之精（子华子），大口鸢肩的东方之士（淮南子）能否与大王弗列特克比肩，当然又是另一问题。

一九三四年九月

说“沈默”

自发的沈默，中外一例地都视为人生的美德。中国人说：“祸从口出！”所以金人要三缄其口。英国喀拉衣耳说：“沈默与玄秘！若这时代还是造神坛的时代，那神坛正还该献造给它们。”他又引着一句瑞士的金言“言语是银的，沈默是金的”而改造过说：“言语是一时的，沈默是永久的。”比利时的那位神秘诗人梅泰林克在一本心贫者之宝（Le Tresor des Humbles）的散文集里，更把沈默推崇得至高至上，无以复加。

他甚至说，言语的沟通灵魂，远不如沈默的来得彻底。尤其是两人相爱的时候，决定此爱者，乃是来至两人间的最初的那一个沈默。在远道回家，别离在即，大喜临头，生命终息，或大大的不幸，将次到来的一瞬间，沈默总在我们的先头，所以人们在人数多的时候，最怕的也就是这一个沈默。沈默的严肃，就是爱和死和运命的严肃。

梅泰林克的赞美沈默，自然是有他的见地在的；但非自发的沈默，却未免有点儿难受。先让我来说一个故事：火德星君纪晓岚，酷嗜淡巴菰，有一日正在吞云吐雾，校修着四库全书的时候，忽听报说：“皇上来了!”他把烟斗向靴袋里一塞，就匆忙地下去接驾。后来烟火烧上袜子，皮肉，干焦气都熏出外面来了，皇上问：“有什么在烧?”他老人家却只装着苦笑，镇静地回复说：“没有什么!”像这一种的沈默，可真是应了法国人的说法，言语是隐秘思想的艺术（Speech is the art of concealing thought）了；但艺术虽然成了功，而皮肉可不免受了痛。

说姓氏

姓氏的起源，当然是和人类一样的古。白虎通上说：“古者圣人吹律以定姓；……姓有百者何？……正声有五，宫商角徵羽，转而相杂，五五二十五，转生四时，异气殊音悉备，故姓有百也。……所以有氏者何？所以贵功德，贱伎力，或氏其管，或氏其事，”通志上说：“三代之前，姓氏分而为二，男子称氏，妇人称姓。氏所以别贵贱，故贵者有氏，贱者有名无氏。姓所以别婚姻，故有同姓异姓庶姓之别。至三代之后，姓氏合而为一。于文，女生为姓，故姓之赐，多从女，姬姜嬴姒姚妫姞妘娲妊嫪之类是也。”从这些地方看来，姓原是最古，是女性中心的家族制度开始的时候就有了；进而有氏，是社会上有贵贱之分的时候起始的，后来再进，姓氏便合而为一了。

古代人齿稀少，所以姓只百而已。其后生齿日繁，交通日广，唐宋以后，遂有千姓万姓以上的支别。我们小时候在私塾里读的百家姓，以赵氏起头，大家都说她是宋初的东西，因为当时南唐未灭，吴越王割据南方，势正强盛，妃孙氏，故而百家姓之首，就是赵钱孙李的四族。其实通行本的百家姓，删繁就简，主意只在取便阅读而已，若以当时的姓氏来说，决不至有百家的。

古代姓氏的来源，既系如此，则姓氏的在封建社会，家族制度上的重要，自然是可以不必说了。现在当我们正欲打破封建社会革除家族制度的时候，对这姓氏的存废，当然是一个很可研究的大问题。五四时代，曾有人创议过废姓；朋友中间的有几位学科学的人，曾说废姓之后，可以以号码来代替姓名，譬如病院里的患者，上海巡捕房的巡捕，单以第几号第几号来代替姓名，也没有什么不便。北平的玄同教授，也曾实行过这主张，作家中间，更有一位叫作废名的先生。

说谎的衰落

说谎的衰落（The Decay of Lying），这是唯美者王尔特的一篇以对话来写出的论文题目。他诋毁写实主义，追怀古昔的美的虚幻世界，以为说谎造谣的这种艺术，至近代而衰落尽了，所以他的同时代的作家，和稍古一点的英法前辈，一个个都受了他的警句的嘲弄。他说美国人的没有好文学创制出来，就因为他们的开国元勋的不知道说谎。华盛顿斧砍樱树的那一个传说，就是窒塞杀美国人的创造本能的一种毒素。

王尔特的这种奇矫的见解，究竟对与不对，已经有许多文艺批评家畅论过了，我们暂且不去管它。回头来一看我们中国古今的文人，觉得在说谎造谣的艺术上，的确要比西洋人落后得多。成王剪桐叶为圭，戏封叔虞，是何等有趣的雅事，而周公认真，最好的一个谎，就被拆破。赵高指鹿为马，也是一个好玩意儿。但背后要加以刑诛，谋成实用，趣事就变成恶事了。

到了现代，这说谎的艺术，更加变得恶劣到了极顶，新闻记事，每因说谎而露出马脚，小刊物的造谣说谎，恶劣当然更甚。不说别的，就说关于我个人的记事罢，有一个刊物，刚说过我在杭州奔走于三四流政客之门，钻营牵拍，得了一个三十元一月的报屁股编辑；同时另一个刊物，却又说我在对雪赋诗，悠闲风雅到了无以复加；为求这说谎话的像煞是真起见，这位先生，还自绞脑汁，替我做了好几首新又不新，旧又不旧的很有独创性的咏雪诗。你想一般造谣的艺术，衰落到了如此的地步，中国的民族，还能创造得出大作品吗？

传记文学

中国的传记文学，自太史公以来，直到现在，盛行着的，总还是列传式的那一套老花样。若论变体，则子孙为祖宗饰门面的墓志，哀启，行述之类，所谓谀墓之文，或者庶乎近之。可是这些，也总是千篇一律，人人死后，一例都是智仁皆备的完人，从没有看见过一篇活生生地能把人的弱点短处都刻划出来的传神文字。不过水浒也名曰传，文艺批评家视为一百零八人的合传，阿Q也有正传，新文学流行了十几年的中间，只有阿Q最为人所知道。若把这一类文学，都当作传记来看，则孙悟空的西游，董小宛的忆语，也都是传记了，我所说的传记文学，范围决没有这样的广阔。

那么，中国所缺少的传记文学，是那一种东西呢？正因为中国缺少了这些，所以连一个例都寻找不出来。若从外国文学里来找材料，则千古不朽的传记作品，实在是很多很多。时代稍旧一点体例略近于史记而内容却全然不同的，有泊鲁泰克 Plutarch 的希腊罗马伟人列传。时代较近，把一人一世的言行思想，性格风度，及其周围环境，描写得极微尽致的，有英国鲍思威儿 Boswell 的约翰生传。以飘逸的笔致，清新的文体，旁敲侧击，来把一个人的一生，极有趣味地叙写出来的，有英国 Lytton Strachey 的维多利亚女皇传，法国 Maurois 的雪莱传，皮贡司非而特公传。此外若德国的爱米儿·露特唯希，若意大利的乔泛尼·巴披尼等等所作的生龙活虎似的传记，举起来真举不胜举。

正唯其是中国缺少了这一种文学的传记作家，所以近来市场上只行了些自唱自吹的自传与带袭带抄的评传之类；但从一代伟人像孙中山那样的巨子，还在登报悬赏征求传记的一点看来，则中国传记文学的衰落，也就可想而知了。

谈结婚

前些日子，林语堂先生似乎曾说过女子的唯一事业，是在结婚。现在一位法国大文豪来沪，对去访问他的新闻记者的谈话之中，又似乎说，男子欲成事业，应该不要结婚。

华盛顿·欧文是一个独身的男子，但见闻短记里的一篇歌颂妻子的文章，却写得那么的优美可爱。同样查而斯·兰姆也是个独身的男子，而爱丽亚《独身者的不平》一篇，又冷嘲热讽，将结婚的男女和婚后必然的果子——小孩们——等，俏皮到了那一步田地。

究竟是结婚的好呢，还是不结婚的好？这问题似乎同先有鸡呢还是先有鸡蛋一样，常常有人提起，而也常常没有人解决过的问题。照大体看来，想租房子的时候，是无眷莫问的，想做官的时候，又是朝里无裙莫做官的，想写文章的时候，是独身者不能写我的妻的，凡此种种似乎都是结婚的好。可是要想结婚，第一要有钱，第二要有闲，第三要有职，这潘驴……的五个条件，却也很不容易办到。更何况结婚之后，“儿子自己要来”，在这世界人口过剩，经济恐慌，教育破产，世风不古的时候，万一不慎，同兰姆所说的一样，儿子们去上了断头台，那真是连祖宗三代的楣都要倒尽，那里还有什么官人请！娘子请！的唱随之乐可说呢？

左思右想，总觉得结婚也不好的，不结婚也是不好的。中庸之道，若在男女之婚姻上能适用的话，我倒很想把某先生驳覆林先生的话再来加以吟味，先将同胞们都化成了像魏忠贤一样的中性者来试试看如何？

暴力与倾向

明史里有一段记载说：“燕王即位，铁铉被执，入见；背立庭中，正言不屈；割其耳鼻，终不回顾。成祖怒，脔其肉纳铉口，令啖，曰：‘甘乎？’厉声曰：‘忠臣之肉，有何不甘！’至死，骂不绝口。命盛油镬，投尸煮之，拨使北向，辗转向外。更令内侍以铁棒夹之北向，成祖笑曰：‘尔今亦朝我耶？’语未毕，油沸，内侍手皆烂，咸弃棒走，骨仍向外。”这一段记载的真实性，虽然还有点疑问，因为去今好几世纪以前的事情，史官之笔，须打几个折扣来读，正未易言；但有两点，却可以用我们所耳闻目睹的事实来作参证，料想它的不虚。第一，是中国人用虐刑的天才，大约可以算得起世界第一了。就是英国的亨利八世，在历史上的以暴虐著名的，但说到了用刑的一点，却还赶不上中国现代的无论那一处侦探队或捕房暗探室里的私刑。杠杆的道理，外国人发明了是用在机械上面的，而中国人会把它去用在老虎凳上；

电气的发明，外国人是应用在日用的器具之上，以省物力便起居施疗治的，而中国人独能把它应用作拷问之助。从这些地方看来，则成祖的油锅，铁棒，“割肉令自啖之”等等花样，也许不是假话。第二，想用暴力来统一思想，甚至不惜用卑污恶劣的手段，来使一般人臣服归顺的笨想头，也是“自古已然，于今尤烈”的中国人的老脾气。

可是，私刑尽管由你去用，暴力也尽管由你去加，但铁铉的尸骨，却终于不能够使它北面而朝，也是人类的一种可喜的倾向。“匹夫不可夺志也”，是中国圣经贤传里曾经提出过的口号。“除死无他罪，讨饭不再穷，”是民间用以自硬的阿 Q 的强词。可惜成祖还见不及此，否则油锅，铁棒等麻烦，都可以省掉，而明史的史官，也可以略去那一笔记载了。

雨

周作人先生名其书斋曰苦雨，恰正与东坡的喜雨亭名相反。其实，北方的雨，却都可喜，因其难得之故。像今年那么的水灾，也并不是雨多的必然结果；我们应该责备治河的人，不事先预防，只晓得糊涂搪塞，虚糜国帑，一旦有事，就互相推诿，但救目前。人生万事，总得有个变换，方觉有趣；生之于死，喜之于悲，都是如此，推及天时，又何尝不然？无雨那能见晴之可爱，没有夜也将看不出昼之光明。

我生长江南，按理是应该不喜欢雨的；但春日暝濛，花枝枯竭的时候，得几点微雨，又是一件多么可爱的事情！“小楼一夜听春雨”，“杏花春雨江南”，“天街细雨润如酥”，从前的诗人，早就先我说过了。夏天的雨，可以杀暑，可以润禾，它的价值的大，更可以不必再说。而秋雨的霏微凄冷，又是别一种境地，昔人所谓“雨到深秋易作霖，萧萧难会此时心”的诗句，就在说秋雨的耐人寻味。至于秋女士的“秋雨秋风愁煞人”的一声长叹，乃别有怀抱者的托辞，人自愁耳，何关雨事。三冬的寒雨，爱的人恐怕不多。但“江关雁声来渺渺，灯昏宫漏听沈沈”的妙处，若非身历其境者决领悟不到。记得曾宾谷曾以诗品中语名诗，叫作赏雨茅屋斋诗集。他的诗境如何，我不晓得，但“赏雨茅屋”这四个字，真是多么的有趣！尤其是到了冬初秋晚，正当“苍山寒气深，高林霜叶稀”的时节。

婿乡年节

一看到了婿乡的两字，或者大家都要联想到淳于髡的卖身投靠上去。我可没有坐吃老婆饭的福分，不过杭州两字实在用腻了，改作婿乡，庶几可以换一换新鲜；所以先要从杭州旧历年底老婆所做的种种事情说起。

第一，是年底的做粽子与枣饼。我说：“这些东西，做它作啥！”老婆说：“横竖是没有钱过年了，要用索性用它一个精光，籴两斗糯米来玩玩，比买航空券总好些。”于是乎就有了粽子与枣饼。

第二，是年三十晚上的请客。我说：“请什么客呢？到杭州来吃他们几顿，不是应该的么？”老婆说：“你以为他们都是你丈母娘——据风雅的先生们说，似乎应该称作泰水的——屋里的人么？礼尚往来，吃人家的吃得那么多，不回请一次，倒好意思？”于是乎就请客。

酒是杭州的来得贱，菜只教自己做做，也不算贵。麻烦的，是客人来之前屋里厨下的那一种兵荒撩乱的样子。

年三十的午后，厨下头刀兵齐举，屋子里火辣烟熏，我一个人坐在客厅上吃闷酒。一位刚从欧洲回来的同乡，从旅舍里来看我，见了我的闷闷的神气，弄得他说话也不敢高声。小孩儿下学回来了，一进门就吵得厉害，我打了他们两个嘴巴。这位刚从文明国里回来的绅士，更看得难受了，临行时便悄悄留下了一封钞票，预备着救一救我当日的急。其实，经济的压迫，倒也并不能够使我发愁，不过近来酒性不好，文章不敢写了以后，喝一点酒，老爱骂人。骂老婆不敢骂，骂用人不忍骂，骂天地不必骂，所以微醉之后，总只以五岁三岁的两个儿子来出气。

天晚了，客人也到齐了，菜还没有做好，于是乎先来一次五百攒。输了不甘心，赢了不肯息，就再来一次再来一次的攒了下去。肚皮饿得精瘪，膀胱胀得蛮大，还要再来一次。结果弄得头鸡叫了，夜饭才兹吃完。有的说，“到灵隐天竺去烧头香去罢，”有的说，“上城隍山去看热闹去罢!”人数多了，意见自然来得杂。谁也不愿意赞成谁，九九归原，还是再来一次。

天白茫茫的亮起来了，门外头爆竹声也没有，锣鼓声也没有，百姓真如丧了考妣。屋里头，只剩了几盏黄黄的电灯，和一排油满了的倦脸。地上面是瓜子壳，橘子皮，香烟头，和散铜板。

人虽则大家都支撑不住了，但因为是元旦，所以连眨着眼睛，连打着呵欠，也还在硬着嘴说要上那儿去，要上那儿去。

客散了，太阳出来了，家里的人都去睡觉了；我因为天亮的时候的酒意未消，想骂人又没有了人骂，所以只轻脚轻手地偷出了大门，偷上了城隍山的极顶。一个人立在那里举目看看钱塘江的水，和隔岸的山，以及穿得红红绿绿的许多默默无言的善男信女，大约是忽而想起了王小二过年的那出滑稽悲剧了罢，肚皮一捧，我竟哈哈，哈哈，哈哈的笑了出来，同时也打了几个大声的喷嚏。

回来的时候，到了城隍山脚下的元宝心，我听见走在我前面的一位乡下老太太，在轻轻地对一位同行的中年妇人说：“今年真倒霉，大年初一，就在城隍山上遇见了一个疯子。”

杂谈七月

阴历的七月天，实在是一年中最好的时候，所谓“已凉天气未寒时”也，因而民间对于七月的传说，故事之类，也特别的多。诗人善感，对于秋风的惨淡，会发生感慨，原是当然。至于一般无敏锐感受性的平民，对于七月，也会得这样讴歌颂扬的原因，想来总不外乎农忙已过，天气清凉，自己可以安稳来享受自己的劳动结果的缘故；虽然在水旱成灾，丰收也成灾，农村破产的现代中国，农民对于秋的感觉如何，许还是一个问题。

七月里的民间传说最有诗味的，当然是七夕的牛郎织女的事情。小泉八云有一册银河故事，所记的，是日本乡间，于七夕晚上，悬五色诗笺于竹竿，掷付清溪，使水流去的雅人雅事，中间还译了好几首日本的古歌在那里。

其次是七月十五的盂兰盆会；这典故的出处，大约是起因于盂兰盆经的目莲救母的故事的，不过后来愈弄愈巧，便有刻木割竹，饴蜡剪彩，模花叶之形状等妙技了。日本乡间，在七月十五的晚上，并且有男女野舞，直舞到天明的习俗，名曰盆踊，鄙人在日光，盐原等处，曾有几次躬逢其盛，觉得那一种农民的原始的跳舞，与月下的乡村男女酣歌戏谑的情调，实在是有些写不出来的愉快的地方。这些日本的七月里的遗俗，不知道是不是我们隋唐时代的国产，这一点，倒很想向考据家们请教一番。

因目莲救母的故事而来的点缀，还有七月三十日的放河灯与插地藏香等闹事。从前寄寓在北平什刹海的北岸，每到秋天，走过积水潭的净业庵头，就要想起王次回的“秋夜河灯净业庵”那一首绝句。听说绍兴有大规模的目莲戏班和目莲戏本，不知道这目莲戏在绍兴，是不是也是农民在七月里的业余余兴？

杭州的八月

杭州的废历八月，也是一个极热闹的月份。自七月半起，就有桂花栗子上市了，一入八月，栗子更多，而满觉陇南高峰翁家山一带的桂花，更开得来香气醉人。八月之名桂月，要身入到满觉陇去过一次后，才领会到这名字的相称。

除了这八月里的桂花，和中国一般的八月半的中秋佳节之外，在杭州还有一个八月十八的钱塘江的潮汛。

钱塘的秋潮，老早就有名了，传说就以为是吴王夫差杀伍子胥沈之于江，子胥不平，鬼在作怪之故。论衡里有一段文章，驳斥这事，说得很有理由："儒书言，'吴王夫差杀伍子胥，煮之于镬，盛于囊，投之于江，子胥恚恨，临水为涛，溺杀人。'夫言吴王杀伍子胥，投之于江，实也，言其恨恚，临水为涛者，虚也。且卫菹子路，而汉烹彭越，子胥勇猛，不过子路彭越，然二子不能发怒于鼎镬之中，子胥亦然，自先入鼎镬，后乃入江，在镬之时其神岂怯而勇于江水哉？何其怒气前后不相副也？”可是论衡的理由虽则充足，但传说的力量，究竟十分伟大，至今不但是钱塘江头，就是庐州城内淝河岸边，以及江苏福建等滨海傍湖之处，仍旧还看得见塑着白马素车的伍大夫庙。

钱塘江的潮，在古代一定比现时还要来得大。这从高僧传唐灵隐寺释宝达，诵咒咒之，江潮方不至激射湖上诸山的一点，以及南宋高宗看潮，只在江干候潮门外搭高台的一点看来，就可以明白。现在则非要东去海宁，或五堡八堡，才看得见银海潮头一线来了。这事情从阮元的揅经室集浙江图考里，也可以看得到一些理由，而江身沙涨，总之是潮不远上的一个最大原因。

还有梁开平四年，钱武肃王为筑杆海塘，而命强弩数百射涛头，也只在候潮通江门外。至今海宁江边一带的铁牛镇铸，显然是师武肃王的遗意，后人造作的东西。（我记得铁牛铸成的年分，是在清顺治年间，牛身上印在那里的文字，还隐约辨得出来。）

沧桑的变革，实在厉害得很，可是杭州的住民，直到现在，在靠这一次秋潮而发点小财，做些买卖的，为数却还不少哩！

寂寞的春朝

大约是年龄大了一点的缘故罢？近来简直不想行动，只爱在南窗下坐着晒晒太阳，看看旧籍，吃点容易消化的点心。

今年春暖，不到废历的正月，梅花早已开谢，盆里的水仙花，也已经香到了十分之八了。因为自家想避静，连元旦应该去拜年的几家亲戚人家都懒得去。饭后瞌睡一醒，自然只好翻翻书架，检出几本正当一点的书来阅读。顺手一抽，却抽着了一部退补斋刻的陈龙川的文集。一册一册的翻阅下去，觉得中国的现状，同南宋当时，实在还是一样。外患的迭来，朝廷的蒙昧，百姓的无智，志士的悲哽，在这中华民国的二十四年，和孝宗的乾道淳熙，的确也没有什么绝大的差别，从前有人吊岳飞说："怜他绝代英雄将，争不迟生付孝宗！"但是陈同甫的中兴五论，上孝宗皇帝的三书，毕竟又有点什么影响？

读读古书，比比现代，在我原是消磨春昼的最上法门。但是且读且想，想到了后来，自家对自家，也觉得起了反感。在这样好的春日，又当这样有为的壮年，我难道也只能同陈龙川一样，做点悲歌慷慨的空文，就算了结了么？但是一上书不报，再上，三上书也不报的时候，究竟一条独木，也支不起大厦来的。为免去精神的浪费，为避掉亲友的来扰，我还是拖着双脚，走上城隍山去看热闹去。

自从迁到杭州来后，这城隍山真对我发生了绝大的威力。心中不快的时候，闲散无聊的时候，大家热闹的时候，风雨晦冥的时候，我的唯一的逃避之所就是这一堆看去也并不高大的石山。去年旧历的元旦，我是上此地来过的；今年虽则年岁很荒，国事更坏，但山上的香烟热闹，绿女红男，还是同去年一样。对花溅泪，怕要惹得旁人说煞风景，不得已我只好于背着手走下山来的途中，哼它两句旧诗：

“大地春风十万家，偏安原不损繁华。输降表已传关外，册帝文应出海涯。北阙三书终失策，暮年一第亦微瑕。千秋论定陈同甫，气壮词雄节较差。”走到了寓所，连题目都想好了，是《乙亥元日，读〈陈龙川集〉，有感时事》。

一九三五年二月四日

春 愁

说秋月不如春月的，毕竟是“只解欢娱不解愁”的女孩子们的感觉，像我们男子，尤其是到了中年的我们这些男子，恐怕到得春来，总不免有许多懊恼与愁思。

第一，生理上就有许多不舒服的变化；腰骨会感到酸痛，全体筋络，会觉得疏懒。做起事情来，容易厌倦，容易颠倒。由生理的返射，心理上自然也不得不大受影响。譬如无缘无故会感到不安，恐怖，以及其他的种种心状，若焦燥，烦闷之类。

而感觉得最切最普遍的一种春愁，却是“生也有涯”的我们这些人类和周围大自然界的对比。

年去年来，花月风云的现象，是一度一番，会重新过去，从前是常常如此，将来也决不会改变的。可是人呢？号为万物之灵的人呢？却一年比一年的老了。由浑噩无知的童年，一进就进入了满贮着性的苦闷，智的苦闷的青春。再不几年，就得渐渐的衰，渐渐的老下去。

从前住在上海，春天看不见花草，听不到鸟声，每以为无四季变换的洋场十里，是劳动者们的永久地狱。对于春，非但感到了恐怖，并且也感到了敌意，这当然是春愁。现在住上了杭州，到处可以看湖山，到处可以听黄鸟，但春浓反显得人老，对于春又新起了一番妒意，春愁可更加厚了。

在我个人，并且还有一种每年来复的神经性失眠的症状，是从春暮开始，入夏剧烈，到秋方能痊治的老病。对这死症的恐怖，比病上了身，实际上所受的肉体的苦痛还要厉害。所以春对我，绝对不能融洽，不能忍受。年纪轻一点的时候，每思到一个终年没有春到的地方去做人；在当时单凭这一种幻想，也可以把我的春愁减杀一点，过几刻快活的时间。现在中年了，理智发达，头脑固定，幻想没有了。一遇到春，就只有愁虑，只有恐惧。

去年因为新搬上杭州来过春天，近郊的有许多地方，还不曾去跑过，所以二三四的几个月，就完全化去在闲行跋涉的筋肉劳动之上，觉得身体还勉强对付了过去。今年可不对了，曾经去过的地方，不想再去，而新的可以娱春的方法，又还没有发见。去旅行么？即无同伴，又缺少旅费。读书么？写文章么？未拿起书本，未捏着笔，心里就烦燥得要命。喝酒也岂能长醉，恋爱是尤其没有资格了。

想到了最后，我只好希望着一种不意的大事件的发生，譬如“一·二八”那么的飞机炸弹的来临，或大地震大革命的勃发之类，或者可以把我的春愁驱散，或者简直可以把我的躯体毁去；但结果，这当然也不过是一种无望之望的同少年时代一样的一种幻想而已。

一九三五年二月十五日

玉皇山

杭州西湖的周围，第一多若是蚊子的话，那第二多当然可以说是寺院里的和尚尼姑等世外之人了。若五台，普陀各佛地灵场，本来为出家人所独占的共和国，情形自然又当别论；可是你若上湖滨去散一回步，注意着试数它一数，大约平均隔五分钟总可以见到一位缁衣秃顶的佛门子弟，漫然阔步在许多摩登士女的中间；这，说是湖山的点缀，当然也可以。

杭州的和尚尼姑，虽则多到了如此，但道士可并不见得比别处更加令人触目，换句话说，就是数目并不比别处特别的多。建炎南渡，推崇道教，甚至官位之中，也有宫观提举的一目；而上皇，太后，宫妃，藩主等退隐之所，大抵都是道观，一脉相沿，按理而讲，杭州是应该成为道教的中心区域的，但事实上却又不然。西湖游览志里所说的那些城内外的胜迹道院，现在大都只变了一个地名，院且不存，更那里来的道士？

西湖边上，住道士的大寺观，为一般人所知道而且有时也去去的，北山只有一个黄龙洞，南山当然要推玉皇山了。

玉皇山屹立在西湖与钱塘江之间，地势和南北高峰堪称鼎足；登高一望，西北看得尽西湖的烟波云影，与夫围绕在湖上的一带山峰；西南是之江，叶叶风帆，有招之即来，挥之便去之势；向东展望海门，一点巽峰，两派潮路，气象更加雄伟；至于隔岸的越山，江边的巨塔，因为是据高临下的关系，俯视下去，倒觉得卑卑不足道了。像这样的一座玉皇山，而又近在城南尺五之间，阖城的人，全湖的眼，天天在看它，照常识来判断，当然应该成为湖上第一个名区的，可是香火却终于没有灵隐三竺那么的兴旺，我在私下，实在有点儿为它抱不平。

细想想，玉皇山的所以不能和灵隐三竺一样的兴盛，理由自然是有的，就是因为它的高，它的孤峰独立，不和其他的低峦浅阜联结在一道。特立独行之士，孤高傲物之辈，大抵不为世谅，终不免饮恨而终的事例，就可以以这玉皇山的冷落来做证明。

唯其太高，唯其太孤独了，所以玉皇山上自古迄今，终于只有一个冷落的道观；既没有名人雅士的题咏名篇，也没有豪绅富室的捐输施舍，致弄得千余年来，这一座襟长江而带西湖的玉柱高峰，志书也没有一部。光绪年间，听说曾经有一位监院的道士——不知是否月中子？——托人编撰过一册薄薄的玉皇山志的，但它的目的，只在搜集公文案牍而已，记兴革，述山川的文字是没有的，与其称它作志，倒还不如说它是契据的好。

我闲时上山去，于登眺之余，每想让出几个月的工夫来，为这一座山，为这一座山上的寺观，抄集些像志书材料的东西；可是蓄志多年，看书也看得不少，但所得的结果，也仅仅二三则而已。这山唐时为玉柱峰，建有玉龙道院；宋时为玉龙山，或单称龙山，以与东面的凤凰山相对，使符郭璞龙飞凤舞到钱塘之句；入明无为宗师，创建福星观，供奉玉皇上帝，始有玉皇山的这一个名字。清康熙年间，两浙总督李敏达公，信堪舆之说，以为离龙回首，所以城中火患频仍，就在山头开了日月两池，山腰造了七只铁缸，以像北斗七星之像，合之紫阳山上的坎卦石和北城的水星阁，作了一个大大的镇火灾的迷阵，于是玉皇山上的七星缸也就著名了。洪杨时毁后，又由杨昌浚总督重修了一次，现在的道观，却是最近的监院紫东李道士的中兴工业，听说已经化去了十余万金钱，还没有完工哩。这是玉皇山寺观兴废的大略，系道士向我述说的历史；而田汝成的游览志里之所记，却又有点不同，他说："龙山一名卧龙山，又名龙华山，与上下石龙相接。山北有鸿雁池，其东为白塔岭。上有天真禅寺，梁龙德中钱王建寺，今唯一庵存焉。山腰为登云台，又名拜郊台，盖钱王僭郊天地之所也。宋籍田在山麓天龙寺下，中阜规圆，环以沟塍，作八卦状，俗称九宫八卦田，至今不紊。山旁有宋郊坛。”

关于玉皇山的历史，大约尽于此了，至于八卦田外的九连塘（或作九莲塘），以及慈云（东面）丁婆（西面）两岭的建筑物古迹等，当然要另外去考；而俗传东面山头的百花公主点将台和海宁陈阁老的祖坟在八卦田下等神话，却又是无稽之谈了。

玉皇山的坏处，实在也就是它的好处。因为平常不大有人去，因为山高难以攀登，所以你若想去一游，不会遇到成千成万的下级游人，如吴山的五狼八豹之类。并且紫来洞新开，东面由长桥而去的一条登山大道新辟，你只教有兴致，有走三里山路的脚力，上去化它一整天的工夫，看看长江，看看湖面，便可以把一切的世俗烦恼，一例都消得干干净净。我平时爱上吴山，可以借登高的远望而消胸中的块磊，可是块磊大了，几杯薄酒和小小的吴山，还消它不得的时候，就只好上玉皇山去。去年秋天，记得曾和增嘏他们去过一次，大家都惊叹为杭州的新发现；今年也复去过两回，每次总能够发现一点新的好处，所以我说，玉皇山在杭州，倒像是我的一部秘藏之书；东坡食蚝，还有私意，我在这里倒真吐露了我的肺腑衷情。

廿四年十一月

浙江的今古

黄梨洲今水经述浙江的水源经过说：浙江——其源有二；一出徽洲婺源县北七十里浙源山，名浙溪，一名渐溪。东流，经休宁县南，率水入之（率水出休宁县东南四十里率山）。至徽州，名徽溪，扬之水入焉（扬之水出绩溪县东六十里大鄣山，西流至临溪，经歙县界，抵府城西，入徽溪。）为滩三百六十，至淳安县南，为新安江；又东，轩驻溪从北来注之（轩驻溪在淳安县东五十里），又东，寿昌溪从南来注之（寿昌溪在寿昌县六十里）。经建德县界，至严州府城南，合衢水。一出衢州，金溪北注，文溪南来，（金溪源出开化县马金岭，西北流，绕县治，名金溪。又转而东南流，经常山县，东流，文溪入之。文溪出江山县之石鼓山，东北流，永丰水注之；至江山县南，名文溪；下流合于金溪。）会于衢州府城西二里，名信安溪。环城西北，东流入龙游县界，号盈川溪。又东经兰溪县，东阳水入之。（东阳江其源出东阳县大盆山，一出处州缙云县，双溪合流，至府城南为谷溪，西流为兰溪，至严州府城东南二里，入于浙。）又东至严州府城南，与歙江合浙水。又东至富春山，为富春江；又东至桐庐，桐江北来注之。（桐江源出天目山，经桐庐县北，三里入于富春江。）又东，浦阳江南来注之。（浦阳江源出金华府浦江县西六十里深袅山，经浦江县界，北流抵富阳，入于浙江。）又东至杭州府城东三里，为钱塘江；又东，钱清曹娥二江入之。（钱清江在绍兴府城西五十五里，曹娥江在绍兴府城东南七十里，钱清曹娥二水入于浙江，三水所会在绍兴府城北三十里，谓之三江海口。）浙水又东，而入于海。

这是黄梨洲时代的浙水，去今三百多年，其间小溪涨塞，或新水冲注，变迁当然是有一点，可是大致总还是不错。我也曾到过徽州婺源休宁等处，看见浙水水源，现在仍在东流。又去闽浙赣边境时，亦曾留意看江山玉山各县的溪流，虽则水名因地不同而屡易，但黄梨洲所说的浙水源一出衢州之说，当然可信。所以现在的浙水经过，以及来源去路，还不难实地查考，而最不易捉摸的，却是古代的浙水水源和经过；因为禹贡记水，周而不备，郦道元注水经又曲折而多臆说，并且重在饰词，不务实际，是以很难置信。现在但依阮文达公揅经室集中的浙江图考三卷，略记一记浙水在四千年中的变革经过。

禹贡“淮海唯扬州，彭蠡既猪，阳鸟攸居，三江既入，震泽底定”。照阮文达公的考证，则当时的三江，实即岷江之北江中江南江，分歧于彭蠡之东，成三孔而入海者；南江一支，穿震泽（今太湖）西南行至杭州，经会稽山阴，至余姚而入海，就是禹贡时的古浙江；后人不察，每以浙江穀水为古浙江，实误。这错误的由来，第一在于古人注三江的不确，如以松江娄江东江为三江，或以松江浙江浦阳江为三江之类。博学多闻如苏东坡，解说三江，尚多歧异，余人可以不必说了。山海经谓浙江出三天子都，郭氏注谓“地理志浙江出新安黟县南蛮中，东入海，今钱塘浙江是也”，系误渐江为浙江之一大原因。出安徽黟县者，为渐江，是合入浙江之一水，非古浙江之本身，阮文达公引经据典，考证最详。至郦道元注水经时，自震泽西南曲流之浙江故道，已经淤塞不通，故郦氏所注之浙江，曲折回环，形成与现代之浙江完全不附之江水，且说来说去，完全以渐江为浙江了。郦氏注中，关于穀水亦交代不清，以穀水与浙江至钱塘县而始合并，实不可通。班氏地理志，述浙江之交流分聚，较郦氏为更明晰；大约以辞害意，未经实地查考的两件弊病，是水经注的最大短处，也难怪钟伯敬要割裂水经注拿来当作美文读本用了。

总之，经阮文达公的考证之后，我们可以知道现代的浙江实即渐水穀水两水的合流，亦即黄梨洲今水经所说之浙江的二源。而古代的浙江，乃系岷江之南江，过震泽，经吴江石门，由杭州东面经过，出仁和县临平半山之西南，即今塘栖地，复与渐水縠水会，折而东而北，由余姚北面而入海的。

桑田沧海，变幻极多，古今来大水小溪的改道换流，也计不胜计。阮文达公为一水名之故，不惜费数年的精力，与数万字的文章，来证明前人之误，以及古代水道的分流通塞，足见往时考据家的用心苦处。而前人田地后人收，我们读到了阮公的浙江图考，对于吴越的分疆，历代战局的进退开展，与夫数千年前的地理形势，便了如指掌了；虽则只辨清了水名一字之岐异，然而既生为浙人，则知道知道这一点掌故，也当然是足以自慰的一件快事。

住所的话

自以为青山到处可埋骨的飘泊惯的流人，一到了中年，也颇以没有一个归宿为可虑；近来常常有求田问舍之心，在看书倦了之后，或夜半醒来，第二次再睡不着的枕上。

尤其是春雨萧条的暮春，或风吹枯木的秋晚，看看天空，每会作赏雨茅屋及江南黄叶村舍的梦想；游子思乡，飞鸿倦旅，把人一年年弄得意气消沈的这时间的威力，实在是可怕，实在是可恨。

从前很喜欢旅行，并且特别喜欢向没有火车飞机轮船等近代交通利器的偏僻地方去旅行。一步一步的缓步着，向四面绝对不曾见过的山川风物回视着，一刻有一刻的变化，一步有一步的境界。到了地旷人稀的地方，你更可以高歌低唱，袒裼裸裎，把社会上的虚伪的礼节，谨严的态度，一齐洗去。人与自然，合而为一，大地高天，形成屋宇，蠛蠓蚁虱，不觉其微，五岳昆仑，也不见其大。偶或遇见些茅篷泥壁的人家，遇见些性情纯朴的农牧，听他们谈些极不相干的私事，更可以和他们一道的悲，一道的喜。半岁的鸡娘，新生一蛋，其乐也融融，与国王年老，诞生独子时的欢喜，并无什么分别。黄牛吃草，嚼断了麦穗数茎，今年的收获，怕要减去一勺，其悲也戚戚，与国破家亡的流离惨苦，相差也不十分远。

至于有山有水的地方呢，看看云容岩影的变化，听听大浪啮矶的音乐，应临流垂钓，或松下息阴。行旅者的乐趣，更加可以多得如放翁的入蜀道，刘阮的上天台。

这一种好游旅，喜飘泊的情性，近年来渐渐地减了；连有必要的事情，非得上北平上海去一次不可的时候，都一天天地在拖延下去，只想不改常态，在家吃点精致的菜，喝点芳醇的酒，睡睡午觉，看看闲书，不愿意将行动和平时有所移易；总之是懒得动。

而每次喝酒，每次独坐的时候，只在想着计划着的，却是一间洁净的小小的住宅，和这住宅周围的点缀与铺陈。

若要住家，第一的先决问题，自然是乡村与城市的选择。以清静来说，当然是乡村生活比较得和我更为适合。可是把文明利器——如电灯自来水等——的供给，家人买菜购物的便利，以及小孩的教育问题等合计起来，却又觉得住城市是必要的了。具城市之外形，而又富有乡村的景象之田园都市，在中国原也很多。北方如北平，就是一个理想的都城；南方则未建都前之南京，濒海的福州等处，也是住家的好地。可是乡土的观念，附着在一个人的脑里，同毛发的生于皮肤一样，丛长着原没有什么不对，全脱了却也势有点儿不可能。所以三年之前，也是在一个春雨霏微的节季，终于听了霞的劝告，搬上杭州来住下了。

杭州这一个地方，有山有湖，还有文明的利器，儿童的学校，去上海也只有四个钟头的火车路程，住家原没有什么不合适。可是杭州一般的建筑物，实在太差，简直可以说没有一间合乎理想的住宅，旧式的房子呢，往往没有院子，顶多顶多也不过有一堆不大有意义的假山，和一条其实是只能产生蚊子的鱼池。所谓新式的房子呢，更加恶劣了，完全是上海弄堂洋房的抄袭，冬天住住，还可以勉强，一到夏天，就热得比蒸笼还要难受。而大抵的杭州住宅，都没有浴室的设备，公共浴场呢，又觉得不卫生而价贵。

所以自从迁到杭州来住后，对于住所的问题，更觉得切身地感到了。地皮不必太大，只教有半亩之宫，一亩之隙，就可以满足。房子亦不必太讲究，只须有一处可以登高望远的高楼，三间平屋就对。但是图书室，浴室，猫狗小舍，儿童游嬉之处，灶房，却不得不备。房子的四周，一定要有阔一点的回廊；房子的内部，更需要亮一点的光线。此外是四周的树木和院子里的草地了，草地中间的走路，总要用白沙来铺才好。四面若有邻舍的高墙，当然要种些爬山虎以掩去墙头，若系旷地，只须植一道矮矮的木栅，用黑色一涂就可以将就。门窗当一例以厚玻璃来做，屋瓦应先钉上铅皮，然后再覆以茅草。

照这样的一个计划来建筑房子，大约总要有二千元钱来买地皮四千元钱来充建筑费，才有点儿希望。去年年底，在微醉之后，将这私愿对一位朋友说了一遍，今年他果然送给了我一块地，所以起楼台的基础，倒是有了。现在只在想筹出四千元钱的现款来建造那一所理想的住宅。胡思乱想的结果，在前两三个月里，竟发了疯，将烟钱酒钱省下了一半，去买了许多奖券；可是一回一回的买了几次，连末尾也不曾得过，而吃了坏烟坏酒的结果，身体却显然受了损害了。闲来无事，把这一番经过，对朋友一说，大家笑了一场之后，就都为我设计，说从前的人，曾经用过的最上妙法，是发自己的讣闻，其次是做寿，再其次是兜会。

可是为了一己的舒服，而累及亲戚朋友，也着实有点说不过去，近来心机一转，去买了些《芥子园》，《三希堂》等画谱来，在开始学画了；原因是想靠了卖画，来造一所房子，万一画画，仍旧是不能吃饭，那么至少至少，我也可以画许多房子，挂在四壁，给我自己的想像以一顿醉饱，如饥者的画饼，旱天的画云霓。这一个计划，若不至于失败，我想在半年之后，总可以得到一点慰安。

记风雨茅庐

自家想有一所房子的心愿，已经起了好几年了；明明知道创造欲是好，所有欲是坏的事情，但一轮到了自己的头上，总觉得衣食住行四件大事之中的最低限度的享有，是不可以不保住的。我衣并不要锦绣，食也自甘于藜藿，可是住的房子，代步的车子，或者至少也必须一双袜子与鞋子的限度，总得有了才能说话。况且从前曾有一位朋友劝过我说，一个人既生下了地，一块地却不可以没有，活着可以住住立立，或者睡睡坐坐，死了便可以挖一个洞，将已身来埋葬；当然这还是没有火葬，没有公墓以前的时代的话。

自搬到杭州来住后，于不意之中，承友人之情，居然弄到了一块地，从此葬的问题总算解决了；但是住呢，占据的还是别人家的房子。去年春季，写了一篇短短的应景而不希望有什么结果的文章，说自己只想有一所小小的住宅；可是发表了不久，就来了一个回响。一位做建筑事业的朋友先来说："你若要造房子，我们可以完全效劳"；一位有一点钱的朋友也说："若通融得少一点，或者还可以想法"。四面一凑，于是起造一个风雨茅庐的计划即便成熟到了百分之八十，不知我者谓我有了钱，深知我者谓我冒了险，但是有钱也罢，冒险也罢，入秋以后，总之把这笑话勉强弄成了事实，在现在的寓所之旁，也竟丁丁笃笃地动起了工，造起了房子。这也许是我的 Folly，这也许是朋友们对于我的过信，不过从今以后，那些破旧的书籍，以及行军床，旧马子之类，却总可以不再去周游列国，学夫子的栖栖一代了，在这些地方，所有欲原也有它的好处。

本来是空手做的大事，希望当然不能过高；起初我只打算以茅草来代瓦，以涂泥来作壁，起它五间不大不小的平房，聊以过过自己有一所住宅的瘾的；但偶尔在亲戚家一谈，却谈出来了事情。他说："你要造房屋，也得拣一个日，看一看方向；古代的周易，现代的天文地理，却实在是有至理存在那里的呢！"言下他还接连举出了好几个很有征验的实例出来给我听，而在座的其他三四位朋友，并且还同时做了填具脚踏手印的见证人。更奇怪的，是他们所说的这一位具有通天入地眼的奇迹创造者，也是同我们一样，读过哀皮西提，演过代数几何，受过现代高等教育的学校毕业生。经这位亲戚的一介绍，经我的一相信，当初的计划，就变了卦，茅庐变作了瓦屋，五开间的一排营房似的平居，拆作了三开间两开间的两座小蜗庐。中间又起了一座墙，墙上更挖了一个洞；住屋的两旁，也添了许多间的无名的小房间。这么的一来，房屋原多了不少，可同时债台也已经筑得比我的风火围墙还高了几尺。这一座高台基石的奠基者郭相经先生，并且还在劝我说："东南角的龙手太空，要好，还得造一间南向的门楼，楼上面再做上一层水泥的平台才行。"他的这一句话，又恰巧打中了我的下意识里的一个痛处；在这只空角上，我实在也在打算盖起一座塔样的楼来，楼名是十五六年前就想好的，叫作"夕阳楼"。现在这一座塔楼，虽则还没有盖起，可是只打算避避风雨的茅庐一所，却也涂上了朱漆，嵌上了水泥，有点像是外国乡镇里的五六等贫民住宅的样子了；自己虽则不懂阳宅的地理，但在光线不甚明亮的清早或薄暮看起来，倒也觉得郭先生的设计，并没有弄什么玄虚，和科学的方法，仍旧还是对的。所以一定要在光线不甚明亮的时候看的原因，就因为我的胆子毕竟还小，不敢空口说大话要包工用了最好的材料来造我这一座贫民住宅的缘故。这倒还不在话下，有点儿觉得麻烦的，却是预先想好的那个风雨茅庐的风雅名字与实际的不符。绉眉想了几天，又觉得中国的山人并不入山，儿子的小犬也不是狗的玩意儿，原早已有人在干了，我这样小小的再说一个并不害人的谎，总也不至于有死罪。况且西湖上的那间巍巍乎有点像先施永安的堆栈似的高大洋楼之以××草舍作名称，也不曾听见说有人去干涉过。多一事不如少一事，九九归原，还是照最初的样子，把我的这间贫民住宅，仍旧叫作了避风雨的茅庐。横额一块，却是因马君武先生这次来杭之便，硬要他伸了疯痛的右手，替我写上的。

一九三六年一月十日

故都的秋

秋天，无论在什么地方的秋天，总是好的；可是啊，北国的秋，却特别地来得清，来得静，来得悲凉。我的不远千里，要从杭州赶上青岛，更要从青岛赶上北平来的理由，也不过想饱尝一尝这“秋”，这故都的秋味。

江南，秋当然也是有的；但草木凋得慢，空气来得润，天的颜色显得淡，并且又时常多雨而少风；一个人夹在苏州上海杭州，或厦门香港广州的市民中间，浑浑沌沌地过去，只能感到一点点清凉，秋的味，秋的色，秋的意境与姿态，总看不饱，尝不透，赏玩不到十足。秋并不是名花，也并不是美酒，那一种半开、半醉的状态，在领略秋的过程上，是不合式的。

不逢北国之秋，已将近十余年了。在南方每年到了秋天，总要想起陶然亭的芦花，钓鱼台的柳影，西山的虫唱，玉泉的夜月，潭柘寺的钟声。在北平即使不出门去罢，就是在皇城人海之中，租人家一椽破屋来住着，早晨起来，泡一碗浓茶，向院子一坐，你也能看得到很高很高的碧绿的天色，听得到青天下驯鸽的飞声。从槐树叶底，朝东细数着一丝一丝漏下来的日光，或在破壁腰中，静对着像喇叭似的牵牛花（朝荣）的蓝朵，自然而然地也能够感觉到十分的秋意。说到了牵牛花，我以为以蓝色或白色者为佳，紫黑色次之，淡红者最下。最好，还要在牵牛花底，教长着几根疏疏落落的尖细且长的秋草，使作陪衬。

北国的槐树，也是一种能使人联想起秋来的点缀。像花而又不是花的那一种落蕊，早晨起来，会铺得满地。脚踏上去，声音也没有，气味也没有，只能感出一点点极微细极柔软的触觉。扫街的在树影下一阵扫后，灰土上留下来的一条条扫帚的丝纹，看起来既觉得细腻，又觉得清闲，潜意识下并且还觉得有点儿落寞，古人所说的梧桐一叶而天下知秋的遥想，大约也就在这些深沉的地方。

秋蝉的衰弱的残声，更是北国的特产；因为北平处处全长着树，屋子又低，所以无论在什么地方，都听得见它们的啼唱。在南方是非要上郊外或山上去才听得到的。这秋蝉的嘶叫，在北平可和蟋蟀耗子一样，简直像是家家户户都养在家里的家虫。

还有秋雨哩，北方的秋雨，也似乎比南方的下得奇，下得有味，下得更像样。

在灰沈沈的天底下，忽而来一阵凉风，便息列索落的下起雨来了。一层雨过，云渐渐地卷向了西去，天又青了，太阳又露出脸来了；著着很厚的青布单衣或夹袄的都市闲人，咬着烟管，在雨后的斜桥影里，上桥头树底去一立，遇见熟人，便会用了缓慢悠闲的声调，微叹着互答着的说：

“唉，天可真凉了——”（这了字念得很高，拖得很长。）

“可不是么？一层秋雨一层凉啦！”

北方人念阵字，总老像是层字，平平仄仄起来，这念错的岐韵，倒来得正好。

北方的果树，到秋天，也是一种奇景。第一是枣子树；屋角，墙头，茅房边上，灶房门口，它都会一株株的长大起来。像橄榄又像鸽蛋似的这枣子颗儿，在小椭圆形的细叶中间，显出淡绿微黄的颜色的时候，正是秋的全盛时期；等枣树叶落，枣子红完，西北风就要起来了，北方便是尘沙灰土的世界，只有这枣子，柿子，葡萄，成熟到八九分的七八月之交，是北国的清秋的佳日，是一年之中最好也没有的 Golden Days。

有些批评家说，中国的文人学士，尤其是诗人，都带着很浓厚的颓废色彩，所以中国的诗文里，赞颂秋的文字特别的多。但外国的诗人，又何尝不然？我虽则外国诗文念得不多，也不想开出账来，做一篇秋的诗歌散文钞，但你若去一翻英德法意等诗人的集子，或各国的诗文的 Anthology 来，总能够看到许多关于秋的歌颂与悲啼。各著名的大诗人的长篇田园诗或四季诗里，也总以关于秋的部分，写得最出色而最有味。足见有感觉的动物，有情趣的人类，对于秋，总是一样的能特别引起深沈，幽远，严厉，萧索的感触来的。不单是诗人，就是被关闭在牢狱里的囚犯，到了秋天，我想也一定会感到一种不能自已的深情；秋之于人，何尝有国别，更何尝有人种阶级的区别呢？不过在中国，文字里有一个“秋士”的成语，读本里又有着很普遍的欧阳子的秋声与苏东坡的赤壁赋等，就觉得中国的文人，与秋的关系特别深了。可是这秋的深味，尤其是中国的秋的深味，非要在北方，才感受得到底。

南国之秋，当然是也有它的特异的地方的，比如廿四桥的明月，钱塘江的秋潮，普陀山的凉雾，荔枝湾的残荷等等，可是色彩不浓，回味不永。比起北国的秋来，正像是黄酒之与白干，稀饭之与馍馍，鲈鱼之与大蟹，黄犬之与骆驼。

秋天，这北国的秋天，若留得住的话，我愿意把寿命的三分之二折去，换得一个三分之一的零头。

一九三四年八月，在北平

江南的冬景

凡在北国过过冬天的人，总都知道围炉煮茗，或吃煊羊肉，剥花生米，饮白干的滋味。而有地炉，暖炕等设备的人家，不管它门外面是雪深几尺，或风大若雷，而躲在屋里过活的两三个月的生活，却是一年之中最有劲的一段蛰居异境；老年人不必说，就是顶喜欢活动的小孩子们，总也是个个在怀恋的，因为当这中间，有的是萝卜，雅儿梨等水果的闲食，还有大年夜，正月初一元宵等热闹的节期。

但在江南，可又不同；冬至过后，大江以南的树叶，也不至于脱尽。寒风——西北风——间或吹来，至多也不过冷了一日两日。到得灰云扫尽，落叶满街，晨霜白得像黑女脸上的脂粉似的清早，太阳一上屋檐，鸟雀便又在吱叫，泥地里便又放出水蒸气来，老翁小孩就又可以上门前的隙地里去坐着曝背谈天，营屋外的生涯了；这一种江南的冬景，岂不也可爱得很么？

我生长江南，儿时所受的江南冬日的印象，铭刻特深；虽则渐入中年，又爱上了晚秋，以为秋天正是读读书，写写字的人的最惠节季，但对于江南的冬景，总觉得是可以抵得过北方夏夜的一种特殊情调，说得摩登些，便是一种明朗的情调。

我也曾到过闽粤，在那里过冬天，和暖原极和暖，有时候到了阴历的年边，说不定还不得不拿出纱衫来着；走过野人的篱落，更还看得见许多杂七杂八的秋花！一番阵雨雷鸣过后，凉冷一点，至多也只好换上一件夹衣，在闽粤之间，皮袍绵袄是绝对用不着的；这一种极南的气候异状，并不是我所说的江南的冬景，只能叫它作南国的长春，是春或秋的延长。

江南的地质丰腴而润泽，所以含得住热气，养得住植物；因而长江一带，芦花可以到冬至而不败，红叶亦有时候会保持得三个月以上的生命。像钱塘江两岸的乌柏树，则红叶落后，还有雪白的柏子着在枝头，一点一丛，用照相机照将出来，可以乱梅花之真。草色顶多成了赭色，根边总带点绿意，非但野火烧不尽，就是寒风也吹不倒的。若遇到风和日暖的午后，你一个人肯上冬郊去走走，则青天碧落之下，你不但感不到岁时的肃杀，并且还可以饱觉着一种莫名其妙的含蓄在那里的生气；“若是冬天来了，春天也总马上会来”的诗人的名句，只有在江南的山野里，最容易体会得出。

说起了寒郊的散步，实在是江南的冬日，所给与江南居住者的一种特异的恩惠；在北方的冰天雪地里生长的人，是终他的一生，也决不会有享受这一种清福的机会的。我不知道德国的冬天，比起我们江浙来如何，但从许多作家的喜欢以 Spaziergang 一字来做他们的创作题目的一点看来，大约是德国南部地方，四季的变迁，总也和我们的江南差仿不多。譬如说十九世纪的那位乡土诗人洛在格（Peter Rosegger 1843—1918）罢，他用这一个“散步”做题目的文章尤其写得多，而所写的情形，却又是大半可以拿到中国江浙的山区地方来适用的。

江南河港交流，且又地滨大海，湖沼特多，故空气里时含水分；到得冬天，不时也会下着微雨，而这微雨寒村里的冬霖景象，又是一种说不出的悠闲境界。你试想想，秋收过后，河流边三五家人家会聚在一道的一个小村子里，门对长桥，窗临远阜，这中间又多是树枝搓桠的杂木树林；在这一幅冬日农村的图上，再洒上一层细得同粉也似的白雨，加上一层淡得几不成墨的背景，你说还够不够悠闲？若再要点些景致进去，则门前可以泊一只乌篷小船，茅屋里可以添几个喧哗的酒客，天垂暮了，还可以加一味红黄，在茅屋窗中画上一圈暗示着灯光的月晕。人到了这一个境界，自然会得胸襟洒脱起来，终至于得失俱亡，死生不问了；我们总该还记得唐朝那位诗人做的“暮雨潇潇江上村”的一首绝句罢？诗人到此，连对绿林豪客都客气起来了，这不是江南冬景的迷人又是什么？

一提到雨，也就必然的要想到雪；“晚来天欲雪，能饮一杯无？”自然是江南日暮的雪景。“寒沙梅影路，微雪酒香村，”则雪月梅的冬宵三友，会合在一道，在调戏酒姑娘了。“柴门村犬吠，风雪夜归人，”是江南雪夜，更深人静后的景况。“前村深雪里，昨夜一枝开”又到了第二天的早晨，和狗一样喜欢弄雪的村童来报告村景了。诗人的诗句，也许不尽是在江南所写，而做这几句诗的诗人，也许不尽是江南人，但假了这几句诗来描写江南的雪景，岂不直截了当，比我这一枝愚劣的笔所写的散文更美丽得多？

有几年，在江南也许会没有雨没有雪的过一个冬，到了春间阴历的正月底或二月初再冷一冷下一点春雪的；去年（一九三四）的冬天是如此，今年的冬天恐怕也不得不然，以节气推算起来，大约大冷的日子，将在一九三六年的二月尽头，最多也总不过是七八天的样子。像这样的冬天，下乡人叫作旱冬，对于麦的收成或者好些，但是人口却要受到损伤；旱得久了，白喉，流行性感冒等疾病自然容易上身，可是想恣意享受江南的冬景的人，在这一种冬天，倒只会得感到快活一点，因为晴和的日子多了，上郊外去闲步逍遥的机会自然也多；日本人叫作 Hiking 德国人叫作 Spaziergang 狂者，所最欢迎的也就是这样的冬天。

窗外的天气晴朗得像晚秋一样；晴空的高爽，日光的洋溢，引诱得使你在房间里坐不住，空言不如实践，这一种无聊的杂文，我也不再想写下去了，还是拿起手杖，搁下纸笔，上湖上散散步罢！

一九三五年十二月一日

山水及自然景物的欣赏

自从亚里士多德的文学模仿论创定以来，以为诗的起源是根据于模仿本能的学说，到现在还没有绝迹；论客的富有独断性者，甚至于说出“所有的艺术，都是自然的模仿；模仿得像一点，作品就伟大一点，文学是如此，绘画亦如此，推而至于音乐，舞蹈，也无一不如此”等话来。这句话，虽则说得太独断，太笼统；但反过来说，自然景物以及山水，对于人生，对于艺术，都有绝大的影响，绝大的威力，却是一件千真万确的事情；所以欣赏山水以及自然景物的心情，就是欣赏艺术与人生的心情。

无论是一篇小说，一首诗，或一张画，里面总多少含有些自然的分子在那里；因为人就是上帝所造的物事之一，就是自然的一部分，决不能够离开自然而独立的。所以欣赏自然，欣赏山水，就是人与万物调和，人与宇宙合一的一种谐合作用，照亚里士多德的说法，就是诗的起源的另一个原因，喜欢调和的本能的发露。

自然的变化，实在多而且奇，没有准备的欣赏者，对于他的美点也许会捉摸不十分完全的；就单说一个天体罢，早晨的日出，中午的晴空，旁晚的日落，都是最美也没有的景象；若再配上以云和影的交替，海与山的参错，以及一切由人造的建筑园艺，或种植畜牧的产物，如稻麦牛羊飞鸟家畜之类，则仅在一日之中，就有万千新奇的变化，更不必去说暗夜的群星，月明的普照，或风雷雨雪的突变，与四季寒暖的更迭了。

我们人类，大家都有一种特性，就是喜新厌旧，每想变更的那一种怪习惯；不问是一个绝色的美人，你若与她日日相对，就要觉得厌腻，所以俗语里有家花不及野花香的一句；或者是一碗最珍贵最可口的菜，你若每日吃着，到了后来，也觉得宁愿去换一碗粗肴淡菜来下饭；唯有对于自然，就决不会发生这一种感觉，太阳自东方出来，西方下去，日日如此，年年如此，我们可没有听见说有厌看白天晚上的一定轮流而去自杀的人。还有月亮哩，也是只在那么循行，自有地球有人类以来的一套老调，初一出，月半圆，月底全没有，而无论那一处的无论那一个人，看了月亮，总没有不喜欢的，当然瞎子又当别论了。自然的伟大，自然的与人类有不可须臾离的关系，就此一点也可以看出来了，这就是欣赏自然景物的人类的天性。

欣赏自然景物的本能，是大家都有的；不过有些人忙于衣食，不便沈酣于大自然的美景，有些人习以为常了，虽在欣赏，也没有欣赏的自觉，因而使一般崇拜自然美的人，得自命为雅士，以为自然景物，就只为了他们少数人而存在的。更有些人，将自然范围限制得很小，以为能如此这般的欣赏，自然景物，就尽在他们的囊中了。下边的四首歌曲，和一张节目，就是这些雅士们的欣赏自然的极致，我们虽则不能事事学他们，但从小处也可以见大，倒未始不是另一种欣赏自然景物的规范。

山居自乐（四季之歌见乾隆御制悦心集） 无名氏

爱山居，春色佳，有桃花有杏花；绿杨深处莺儿啼，天阴草色连云暖，夜静花阴带月斜。兴来时，醉倒荼蘼下；这是俺山中和气，岂恋他金谷繁华？（春）

爱山居，夏日长，抚苍松坐翠篁；南风不用蒲葵扇，放开短发迎朝爽，洗涤尘襟纳晚凉。竹方床，一枕清无汗；这是俺山中潇洒，岂恋他束带矜庄？（夏）

爱山居，秋月清，白苹洲红蓼汀；芳菲黄菊开三径，风前倚石吹长笛，月下焚香抚玉琴。木兰花，坠露朝堪饮；这是俺山中雅淡，岂恋他人世红尘？（秋）

爱山居，冬景余，掩柴门著道书；红炉榾柮煨山芋，开窗积雪千峰白，绕屋梅花几树疏。兴来时，驴背闲寻句；这是俺山中冷趣，岂恋他车马驰驱？（冬）

明高濂稚尚斋四时幽赏目录：

孤山月下看梅花。八卦田看菜花。虎跳泉试新茶。保叔塔看晓山。西溪楼啖煨笋。登东城望桑麻。三塔基看春草。初阳台望春树。山满楼观柳。苏堤看桃花。西冷桥玩落月。天然阁上看雨。（以上春时幽赏。）苏堤看新绿。东郊玩蚕山。三生石谈月。飞来洞避暑。压堤桥夜宿。湖心亭采莼。晴湖视水面流虹。山晚听轻雷断雨。乘露剖莲涤藕。空亭坐月鸣琴。观湖上风雨欲来。步山径野花幽鸟。（以上夏时幽赏。）西冷桥畔醉红树。宝石山下看塔灯。满家弄赏桂花。三塔基听落雁。胜果寺月岩望月。水乐洞雨后听泉。资岩山下看石笋。北高峰顶观云海。策杖林园访菊。乘舟风雨听芦。保叔塔顶观海日。六和塔夜玩风潮。（以上秋时幽赏。）湖冻初晴远泛。雪霁策蹇寻梅。三节山顶望江天雪霁。西溪道中玩雪。山头玩赏茗花。登眺天目绝顶。山居听人说书。扫雪烹茶玩画。雪夜煨芋谈禅，山窗听雪敲竹。除夕登吴山看松盆。雪后镇海楼看晚炊。（以上冬时幽赏。）（录自《西湖集览》）

这些原也不免有点过于自命风雅，弄趣成俗之嫌；可是对于有些天良丧尽，人性全无的衣冠禽兽，倒也可以给他们一个警告，教他们不要忘掉自然。我从前在北平的时候，就有一位同事，是专门学法律的人，他平时只晓得钻门路，积私财，以升官发财为唯一的人生乐趣，你若约他上中央公园去喝一碗茶，或上西山去行半日乐，他就说这是浪漫的行径，不是学者所应有的态度。现在他居然位至极品，财积到了几百万了，但闻他唯一娱乐，还是出外则装学者的假面，回家则翻存在英国银行里的存折，对于自然，对于山水，非但不晓得欣赏，并且还是视若仇敌似的。对于这一种利欲薰心的人，我以为对症的良药，就只有一服山水自然的清凉散，到这里，前面所开的那两个节目，倒真合用了；因为山水，自然，是可以使人性发现，使名利心减淡，使人格净化的陶冶工具。我想中国贪官污吏的辈出，以及一切政治施设都弄不好的原因，一大半也许是在于为政者的昧了良心，忽略了自然之所致。

自然景物所包涵的方面，原是极博大，极广阔的；像上面所说的天地岁时，社会人事，静而观之，无一不是自然，无一不可以资欣赏，但这却非要悠闲自得，像朱夫子那么的道学先生才办得到；至于我们这种庸人，要想得到些自然的美感，第一，还是上山水佳处去寻生活，较为直截了当；古今来，闲人达士的游山玩水的习惯的不易除去，甚至于有渴慕烟霞成痼疾的原因，大约总也就在这里。

大抵山水佳处，总是自然景物的美点发挥得最完美，最深刻的地方；孔夫子到了川上，就觉悟到了他的栖栖一代，猎官求仕之非；太史公游览了名山大川，然后才死心蹋地，去发愤而著书，从知我们平时所感受不到的自然的威力，到了山高水长的风景聚处，就会得同电光石火一样，闪耀到我们的性灵上来；古人的讲学读书，以及修真求道的必须要入深山傍大水去结庐的理由，想来也就在想利用这一点山水所给与人的自然的威力。

我曾经到过日本的濑户内海去旅行，月夜行舟，四面的青葱欲滴，当时我就只想在四国的海岸做一个半渔半读的乡下农民；依船楼而四望，真觉得物我两忘，生死全空了。后来也登过东海的崂山，上过安徽的黄岳，更在天台雁宕之间，逗留过一段时期，每到一处，总没有一次不感到人类的渺小，天地的悠久的；而对于自然的伟大，物欲的无聊之念，也特别的到了高山大水之间，感觉得最切。所以要想欣赏自然的人，我想第一着还是先上山水优秀的地方去训练耳目，最为适当。

从前有一个赞美英国十九世纪的那位美术批评家拉斯肯的人说，他在没有读过拉斯肯以前，对于绘画，对于蒙勃兰高峰的积雪晴云，对于威尼斯，弗露兰斯的壁画殿堂，犹如瞎子，读了之后，眼就开了。这话对于高深的艺术品的欣赏，或者是真的，但对于自然美，尤其是山水美的感受，我想也未必尽然。粗枝大略的想欣赏自然，欣赏山水，不必要有学识，有鉴赏力的人才办得到的；乡下愚夫愚妇的千里进香，都市里寄住的小市民的窗槛栽花，都是欣赏自然的心情的一丝表白。我们只教天良不泯，本性尚存，则但凭我们的直觉，也就尽够做一个自然景物与高山大水的初步欣赏者了。

屠格涅夫的《罗亭》问世以前

在许许多多古今大小的外国作家里面，我觉得最可爱，最熟悉，同他的作品交往得最久而不会生厌的，便是屠格涅夫。这在我也许是和人不同的一种特别的偏嗜，因为我的开始读小说，开始想写小说，受的完全是这一位相貌柔和，眼睛有点忧郁，绕腮胡长得满满的北国巨人的影响。但从他的长短作品，差不多有四分之三，都被中国翻译出了的一点看来，则屠格涅夫的崇拜者，在中国，也决不是仅仅只几个弄弄文笔的人的这件事情，也很明白。

他于一八一八年十月二十八日，生于奥料儿（Oryol）的一家贵族（本为鞑靼系）之家。一八二九年入一私塾，初学英文。一八三二年至三三年间，生了一场大病，由童年一变而为青年，身体也长高了，爱好文学梦想的倾向也坚定了，一八三三年满十五岁的前后，当进莫斯科大学的时候，他居然是一位身体强健，背脊略驼的成人了。在莫斯科大学修完了一年业后，他的哥哥尼哥拉斯已在彼得堡，母亲在预备到德国去试浴温泉，而病得厉害得很的父亲，也在打算离开莫斯哥而去首都，在这些风尘仆仆的来往之间，年轻的伊凡·屠格涅夫（Ivan Sergeyevitch Turgenief）早就养成一种行旅飘流的性癖，他的后来的流寓异邦，死在法国的结末，不能不说是家庭在幼时将他养成的倾向。

一八三四年的秋天，伊凡也上圣彼得堡去了，就在那里进了彼得堡的大学。他到彼得堡不久，长年病发的他的父亲，也就死去。夫妻间的感情，本不融洽，相貌也并不美丽（是一张麻脸，富有遗产，后来屠格涅夫常去住的斯巴斯可埃 Spasskoye 的房产田地等，就是他母亲带来的遗产）的他的母亲，当时还在意大利养病，故而父亲死后，伊凡和尼哥拉斯兄弟俩，就成了受叔父照管的无父的孤儿。

他的父母，他的叔父，他的历次所遇到的先生同学之类，后来都一个一个的被他用了灵妙的笔法，写在他的许多长短作品之中。这件事情，想是读过几册屠格涅夫的作品的人，谁也知道的，我在此地可以不必说了。

在彼得堡修学的三年中间，他接触的人也多了，看社会的变动也看熟了，读书的范围也扩大了，就在中间，屠格涅夫便奠定了他后来的震惊一世的文学者的始基。

他的《文学与生活回忆录》里面的第一章，所写者就是一位彼得堡大学的文学教授泊来脱内夫 Pletneff 和他的关系。（见 Literatur und Lebens erinnerungen 十页至二十二页）。他在泊来脱内夫家的门口，曾第一次遇见了当时为一般俄国青年所拜倒的诗王普希金，他也在那里第一次参加了诗文评诵的文学家的座谈会。他的所以被邀入参加的原因，就因为在这前后，他曾做了一篇处女作诗剧 Stenio 交给了这位教授，请他评定；而泊来脱内夫也在这处女作里，看出了他是一位可造之才，这是一八三七年春间的事情。

他的第一次的发表创作，也是由于泊来脱内夫教授的推荐，是两首诗，系印在由普希金领导的现代人（Sovremennik）杂志上的。

一八三八年五月，他在大学卒业后还不满一年，因欲更求深造之故，就匆匆上了柏林留学的旅途。他的母亲，曾叮嘱再三，讲了许多的规劝的絮语，临行前，并且全家曾上客栈的礼拜堂去祈祷他的行旅的安全，汽笛鸣时，轮船“尼哥拉斯号”（因为当时铁路未通，由俄赴欧，走的是海道）将欲离岸的一瞬间，他母亲几乎为了不忍别离之故而昏厥，这些事情，都缕缕在 Avrahm Yarmolinsky 著的那册《屠格涅夫》的大著里详述在那里。从此之后，屠格涅夫就满身的沉入了西欧的文化涡中，不复是一位驯良懒惰的斯拉夫人了。

在柏林，他结识的朋友很多，无政府主义的老祖宗巴枯宁，谨严和平的 Stankevich 及昔年的许多大学里的同学，都日夕聚在一处。智识上所受的影响之最显著者，当然是当时正风行的 Hegel 的哲学。

经过一二年的豪放散逸的柏林学生生活，伊凡的心驰野了，他母亲的悲泣哀求，计谋恐吓，都不能使这位野少年伏伏贴贴地再回到黑暗专制，乱七八糟的俄罗斯来。及受了一次恋爱的痛创之后，好容易在一八三九的十月，伊凡终回国去省了一次亲，但到了一八四〇年的正月，他又出来了，以后就在欧洲各处如意大利瑞士等地方旅行了一年。一八四一年的夏天，他终算学成了归国，上斯巴斯可埃他母亲的身边去住了几天。可是在这中间，他又同去柏林之先和一位农奴的女孩生过关系时一样，竟猫猫虎虎地和一位他母亲的女裁缝师生下了一个小孩。同时因巴枯宁介绍之故更同巴枯宁的妹妹塔的亚娜（Tatyana）发生了像罗亭对娜泰芽似的恋爱关系。这一年的圣诞节，他并且离开了爱母，上远在二百俄里外土耳作克市（Torzhok）近旁的巴枯宁家去过的。他和塔的亚娜的关系，似有若无地继续了总约莫有三年之久的岁月。巴枯宁家的姊妹，实在也真多，若白林斯基（Belinsky）若博得金（Botkin）都是和他家的姊妹们发生过热恋的。

一八四二年因欲谋得莫斯科大学哲学教授之故，他上彼得堡母校去考取学位，但因为只差了一篇结末的论文，竟将学位的事情永久地搁了下来。他母亲不得已就只好要他上内务部去供职，想使他成一个有名誉的公务人员，但性情终于不合，两年之后，他也就辞职了；辞职的原因，却因为他自己不慎一溜笔尖，而使一位贫苦的窃贼之该受三十小鞭者受了三十大板。他的一八四三年在圣彼得堡出版的第一部叙事诗集 Parascha 总算是他在内务部供职期中的唯一的成绩。

一八四二年八月，他又去过德国一次，在德勒斯登（Dresden）曾和巴枯宁重见了一次面。

内务部卸职之后，他竟闲散地在彼得堡住下了。在这中间，他就做了后来变成涅克拉梭夫的爱人的柏拿也夫夫人（Mine Panayev）座上的常客。在巴那耶夫夫人处进出的，还有一位瘦弱矮小，有肺病倾向的白林斯基；他虽出身于平民阶级，然奋勇向前，对于因袭传统的批评，对于文化建设的主张，处处都具有着大无畏的精神。自从屠格涅夫的初次出世的那册叙事长诗，得到了他的好评以后，两人就成了莫逆的挚友了，屠格涅夫的留心社会，观察下层阶级的疾苦诸倾向，无一不是受的白林斯基的影响。以后的屠格涅夫，便永久成了白林斯基的信徒，和许多其他的新人，结成了欧化主义者（Westernist）的一团，以和当时在莫斯科的贵族资产阶级间的国粹主义者（Slavophil）们相对抗。

屠格涅夫对白林斯基的交谊，一直维持到了他的死后，短命的白林斯基是一八一二年生下来，一八四八年死去的。白林斯基死后，屠格涅夫还对他的未亡人时时加以慰问与赠遗，逢人一谈起这严正不屈的亡友，总是声泪俱下，带着诚敬兼至的那一种神情，长篇小说罗亭一作里的那位哲人 Pokorsky 就是由柏林斯基与 Stankevich 两人的性格溶化而成的。《文学与生活的回忆录》中第二章（德译本二十二页至六十四页），全是写的柏林斯基的议论主张与风度，在全书中，这一张写得最长最精，也最有热力。

一八四七年春，屠格涅夫处理了许多身边的杂务，预备上欧洲去，二月中旬，他已经置身在德国的境内了。照他自己之所说，则这一次的出国，完全是为了国内环境的沉闷与混浊，想到西欧去吸收一点自由的新鲜的空气，但实际上，却是为了一八二一年生在巴黎，以音乐和歌唱驰名欧美，弗兰滋·利斯脱的入室弟子，受过大诗人 Alfred de Musset 与海涅的颂赞，曾做过乔其桑的小说的女主人公，于一八四〇年嫁给歌剧导演者 Louis Viardot 的那一位并不美丽的佳人宝灵奴·贾尔夏（Pauline Garcia）（见伦敦渥儿泰斯考脱社出版的勃兰提斯《俄国文学印象记》第二八六，二八七页）——他和她的初见之日，是一八四三年十一月初一，在彼得堡的 Bolshoi 剧场的退休室里，从一八四七年起，以后三十六年间，屠格涅夫就永远地做了费雅度夫人的最驯服的俘虏。

依勃兰提斯看来，则费雅度夫人的追逐，与因文豪郭哥里死去（一八五二）而做的那篇追悼文的结果的监禁处分，是屠格涅夫生活遭遇中的两件决绝的大事。(见《印象记》第二八六页)。

分离了六年之久的普鲁士首都的空气，当一八四七年屠格涅夫重来的当儿，和他的学生时代的情形，完全变过了。Hegel 的哲学，已成了强弩之末，一切的一切，都倾向了左边；唯物主义的狂潮，浸入了柏林的学府，Feuerbach 的破坏偶像的论文，倒成了一般青年的议论的中心。这一次和他同行的，有他的挚交的病友白林斯基。是白林斯基在窄儿此勃龙（Salzbrunn）养病的当中，这一位垂死的批评家，如回光返照似地发出了他的热烈的致郭哥尔的信，攻击农奴制度，攻击官僚政府，攻击教会当局，把俄国上下的一切腐政，攻击得体无完肤。杜斯妥以夫斯基曾因这信而作了西伯利亚的流徒，屠格涅夫也曾因此信而获得了他日后诸创作的中心思想。屠格涅夫的和他后半生的亲友阿宁阔夫的相遇，也就在这须来其安的浴场地方，其后的阿宁阔夫对屠格涅夫的半生简直是一位不可缺少的帮闲食客。屠格涅夫的终于和费雅度一家的结成不解之缘，上巴黎东首四十英里远的费雅度氏的别庄窠儿泰芜内儿（Chateau de Courtavenel）去同居，也是在这一年的盛夏的时候。

盛夏过后，费雅度夫人登台的季节到了，或去伦敦，或上巴黎，屠格涅夫因无路费，决不能常追随伴侍在她的脚下。因别离而生的那一种无可奈何之情，因贫困而来的那一种忧郁哀伤之感，更因孤独而起的那一种离奇幻妙之思，竟把屠格涅夫，炼成了一个深切哀伤，幽婉美妙的大诗人。一八四八年的法国大革命，他是亲身经历着的。自从他那变态的母亲，断绝了他的经济接济以后，他就只好日日的依人为活，借债为生。或流寓在爱人的别庄，或寄食在巴黎 Herzen 的家里，从一八四七到一八五〇的三年中间，虽是他最困苦的时期，但在创作生活上，却是他最丰收的年岁。在这中间，他对社会现状的观察认识可以不必赘说，就是小说戏剧，诗，以及《猎人日记》的大部分，短篇等创作也不知写下了多少。总之，凡可以使他成一大作家的条件，这时都已具备了，所缺少者，只有金钱和生活的余裕而已；而这两个重要的条件，却因一八五〇年他那变态的母亲的死去，完全凑就了。

他的母亲，实在是一位不幸的变态的女性。早年守寡，她的希望自然就只好维系在两个儿子的身上了。但长男尼哥拉斯老早就违背了她的志趣，和一个身分不相称的女人结了无理的婚姻。次男的伊凡，又是这么的一个游手好闲，不务正业，长年飘流在外国的无赖汉。心情恶劣起来，她的愤怒与报施，当然只有虐待农奴，和断绝儿子们的接济两条窄路好走了。一八五〇年的春天，她病到了十分，好容易汇出钱来，向债主们赎回了伊凡·屠格涅夫的身体，终把他召回到了膝下。但住不上几日，母子之间，天大的冲突忽而又发生了。直到她死，Varvara Petrovna 竟坚决地拒绝了再见伊凡之面，等屠格涅夫接着讣报赶到莫斯科他娘的寓里——这中间他是住在 Turgenevo 他父亲的遗产庄上的——的时候，她早已葬在地下了。

一八五〇年春回俄国之后，屠格涅夫将他和他母亲的女裁缝师生下来的那女孩，送去法国托付了费雅度夫人去抚养。他母亲死后，分到了许多遗产，他就在莫斯科彼得堡两地间暂时来往着定住了下来。集中在他左右的，当然那些《现代人志》的同时代者，和许多出身于贵族，醉心于欧化的新进的文人。因几本戏剧和《现代人志》上登载过的《猎人日记》的成功，他也居然成了一位被大家所推崇的文学家。

一八五二年二月廿一日，写实的幽默的大文豪郭哥尔在莫斯科去了世。屠格涅夫在学生时代，虽则曾和郭哥尔在一个学校里呼吸过空气，听过他的演讲，——因为郭哥里曾在彼得堡大学当过短时间的历史教授——但亲自去访他，和这一位大作家的认识，却是在他死前的几个月。屠格涅夫的崇拜郭哥尔的热情，不减于他的崇拜普希金。接到了他的死耗之后的屠格涅夫的哀悼悲痛，当然是意想中的事情。撰成了一篇文字，他先是交给彼得堡的一家报纸去公布的，但因检查者的不许可，没有登出，所以只好送到莫斯科去交托 ABotkin 请他发表，以雪彼得堡的文人全体，对这位巨人之死，大家噤不敢言之耻。这追悼文在莫斯科发表之后，屠格涅夫的监禁处分令就下来了。先在看守所里被监禁了一月，后来便被送到了故乡斯巴斯可埃去永久安置。这一篇短短的哀悼文，系载在一八五二年三月十八日第三十二号莫斯科报上的，全文中并没有一句出轨的话——该文名从彼得堡来的信，见德译本《文学与生活的回忆录》七十二页至七十四页——但在一八四八年的革命失败之余，白色恐怖正充满着欧洲，昏庸暴虐的沙皇，连郭哥里的死耗都不准彼得堡的报纸刊载的当时，本来就在预谋着一网把那些文人打尽的政府当局，硬要拿这事情来加你以罪，那你又有什么法子来解避呢？写到了这里，我就不得不联想起目下流散在我们自己周围的一重褐色的暗云，唉，一八五二年的专制政府治下的俄国，一九三三年的××××治下的××！

正当屠格涅夫在故乡斯巴斯可埃被看守的中间，彼得堡的一家书铺把在《现代人志》上登过的八篇短篇收集起来出了一本单行本，书名是《一个猎人的日记》，出书的年月是一八五二年七月十八。这一册小小的册子——后来增订加大了——居然促成了俄国农奴解放的运动，这事情屠格涅夫自己原在引以自慰，而由我们这些从事于文笔的人看来，更觉得是懦弱无能的文人的无上的光荣。

屠格涅夫的永久放逐，因诗人亚力克西·托尔斯泰之力，缓和了一半，一八五三年十二月，他得到了许可，移寓到了首都的 Povarskoy 巷里。这两年间的故乡的安置，真如大批评家勃兰提斯之所说，是他作风转变的一大机纽。以后的屠格涅夫，决心抛弃了小小的自我感情，变成了客观的社会的时代的代言者，长篇小说创制计划，也在这蛰居的中间立定了。

到首都去后，他就成了文艺界的社交的中心，托尔斯泰，梭罗古勃，涅克拉沙夫，柏拿也夫，格利郭里味支，袭察洛夫等，不时上他的独身者的寓居里来。虽则时时也在感到自己才能的不足，对文学曾几次的失望嗟叹着不能胜任，但在一八五五年的夏天，终于上斯巴斯可埃去写成了他的《罗亭》。这本来是费去六七个星期，在七月廿四写完的，但因不敢自信，广请他人评判的结果，后来他又把稿改易了好多次。

罗亭的性格，罗亭的哲学，罗亭的对女人的无责任无胆量的态度，不消说，都是由屠格涅夫的自己的全身中捏制出来的。

一八五六年八月廿六，沙皇亚力山大举行登极的特赦大典，屠格涅夫到此，才完全恢复了他的自由，所以在这一年的夏季，他又在法国费雅度氏的别庄里作客了。嗣后二十余年，他大半的生涯，就在欧洲过去。间或向故乡去暂住些时，也都因为国人对他的作品的不满不了解之故，每次都不免怀恨而去国。

上面所叙述的，是屠格涅夫到他的第一部长篇杰作《罗亭》出世时为止的生涯的大略，其后《贵族之家》，《前夜》，《父与子》，《烟》，《新时代》，《春潮》等长篇巨著，每隔一二年而迭出，他在故国所受的批评，虽则不好，但在国外，则早已喧传众口，成了替俄国向世界要求荣誉的代表者了。

晚年流寓巴黎，差不多同时代的法国文人如梅里美等当然对他非常尊敬，就是小一辈的奥其埃（Augier），泰纳，福罗贝尔，贡果儿，更年少的左拉，都德，莫泊桑，也没有一个不在绝口赞美，常在领受他的教益的。一八八三年九月三日，（此日即俄历八月二十三日，俄国的旧历与普通历相差了十二天——）他在法国死后，莱南·亚浦（Edmond About）等来吊，还说出了“纪念他的铜像，应该建造在农奴的打碎了的铁练之上”的话，岂不也可以想见他在外国被人崇拜的一斑了么？

一九三三年七月九日。

屠格涅夫的临终

——为屠氏逝世五十周年纪念作——

以一八一八年十月二十八正午生下来的屠格涅夫，从数字错列的玩意儿中试卜起来，他自己以为一八八一年的十月一日，是他的死期。但到了一八八一年的年终，他的健康，却丝毫也没有损坏。在这一年里，他并且还和爱人费雅度夫人把他自己的著作《胜利者之歌》译成法文，写了一篇《不怕死的人》。

一八八二年春，虽则他遇着了许多不幸的事情，如爱女的逃回，疯痛的发作等，但健康还是如常，直到二月底边，忽而急症袭来了，从这一年的三月上床以后，一直到翌年的九月三日午后辞世为止，他真受尽了肉体上的千千万万的苦痛。

在苦痛的中间，他屡次要求自杀，以减轻他的痛楚，甚至向来看他病的莫泊桑乞求一枝手枪，请费雅度夫人将他的身体从窗里抛掷出去了。

托尔斯泰听到了他的病痛，有很恳切的信来慰问，他在病床上，用铅笔亲自写了一封覆函，是他的最后的一道书简。他自觉到了死的将临，自己是完了，疲竭了，劝托尔斯泰再好好的重复去干些文学的工作。

一八八三年正月，他因囊肿而试手术之时，竟不用局部麻醉的注射，而想亲自来体验一次受手术时的剧痛的状态。事后他对来看他的都德说："我想尝一尝这痛味，而发见一种最适当的表现手法，来写出这些感觉与心状。解剖刀割入肉去，真有点儿像利刃切香蕉。"

临死前半月的有一天晚上，他叫费雅度夫人到床边去，央求她为他笔记一篇短篇，写的是一位俄国贵族的裔孙，堕落成为偷马的窃贼的故事。这故事名叫《结末》，是他的著作的末一篇，也是暗示着俄国贵族阶级的终了没落的东西。

一八八三年八月末日，是礼拜五，露易莎走入了他的病房。昏睡之余，他似乎还辨认得出这是露易莎，因而叫着说：

"露易莎！真真奇怪，我的腿怎么会挂在那儿角落里的呢？房间里并且塞满了棺材。可是，他们还许我有三天好活。"

九月二日，礼拜天，他又清醒了一回，说了些只有费雅度夫人能懂的话。九月三日，礼拜一的午后二时，他便气绝了。

一九三三年七月

查尔的百年诞辰

提起查尔（Ferdinand Von Saar）这一个名字，或者大家都会感觉到奇异，因为在中国的文艺刊物，或译丛里，是不大看得到的生名。这原也是不得已的事情，莫说中国，就是外国文学翻译介绍得最多最杂的英美，恐怕也不见得有一册查尔的作品的翻译。但在德国，尤其是他的故乡的奥国里，则不但在他的死后，就是在生前，已经为几个有识的批评家所推崇，许为可以和 Gottfried Keller，Theodor Storm 等并立的一流不朽作家了。

查尔于一八三三年九月三十日生在一家维也纳的贵族的家里。虽然是一家由官吏起家的贵族人家，但大半都是廉吏的奥国的这家宦家，财产却是没有的；因此查尔为生计所迫，年少的时候，就入了军籍，以资糊口。一八六〇年，他厌倦了军队生活，且为自己的内心冲动所激荡，虽然明知道文笔谋生活的不可靠，但也毅然决然地退出了军队，开始来做文士。当时奥国的对文士的待遇，恐怕比到现在的中国还要差些，查尔若没有 Elisabeth Salm 侯爵夫人和 Josephine von Wertheimstein 的两位贵妇人的保护，则他早也就饿死在屋顶底下了。做了许多诗和诗剧，写了许多轮廓并不伟大的哀艳凄清，情调绝人的短篇小说，他直到六十岁的高龄，才获得了一部分批评家的赞誉。奥国政府为表扬国家诗人功绩起见，且任命他做了贵族院的议员，这当然是大剧作家 Grillparzer 以来所绝无仅有的国家特典。

到了七十三岁（一九〇六）的七月二十三，久为癌病所苦，独身到老的这位孤独的大诗人，竟于早晨出去散步回来之后，用手枪自杀了。他的全集十二卷，装成四册，是莱府的 Max Hesso 所发行，头上有 Anton Bettelheim 的一篇详传附印在那里。

他自己以为他的诗和剧是最得意的作品，但他的不朽的盛名，显然是依存在他的几十篇短短的小说上。关于他的作品的介绍，当另撰专文，在这里只传述了一个极粗的生涯骨格，以志景慕。

林道的短篇小说

记得是一位美国作家——不知是否 O'Brien——对于短篇小说所下的定义，他说："短篇小说者，小说之短篇者也。"（Short story is a story that is short）这定义虽则有点幽默，但即此也可想见短篇小说花样的多，定义的难。尤其是各国有各国的风气，各作家有各作家的特样，所以要求一个概括一切，随处适合的短篇小说的定义，真是难于上蜀道；就是勃兰代·马修斯的《短篇小说哲学》（Brander Mathews：The philosophy of short stories）里也不曾把这定义，交代清楚。

法国的所谓 Contes 似乎是真正的短篇，大约欧美各国的短篇小说之收敛得最紧缩的，莫过于这些 Contes 了，可是德国的 Erzaelungen 却一般总来得很长，长的也有到四五万字以上的。我们通常所说的短篇小说，大约是英美的一系，长短总只够半小时至一小时的读，字数或在两万以下千数以上；叙述的是人生的一面半面，或事件的最精彩的一段，人物的极特异的几点；作者读者，俩都经济，实在是近代生活与近代 Journalism 所产生的一种特殊体裁。

我的初读短篇，是二十年前在日本做学生的时候。那时自然主义的流行虽已经过去，人道主义正在文坛上泛滥，但是短篇小说的取材与式样，总还是以引自然主义的末流，如写身边杂事，或一时的感想等者为最多；像美国那么的完整的短篇小篇，是不大多见的。虽则当时在日本，每月市场上，也有近千的短篇小说的出现；其中也有十分耐读的作品，但不晓怎么，我总觉得他们的东西，局面太小，模仿太过，不能独出新机杼，而为我们所取法。

后来学到了德文，与德国的短篇——或者还是说中短篇来得适当些——作家一接触，我才拜倒在他们的脚下，以为若要做短篇小说者，要做到像这些 Erzaelungen 的样子，才能满足。德国的作家，人才很多，而每个诗人，差不多总有几篇百读不厌的 Erzaelungen 留给后世，尤其是十九世纪的中晚，这一种珠玉似的好作品，不知产生了多少。即就保罗·海才（Paul Heyse）他们所选的《德国说库》（Deutscher Novellen-schatz）与新德国说库的两丛书的内容来说，已经是金玉满堂，教人应接不暇了，其他的丛书专集，自然是更多得指不胜屈。

在这许多德国短篇作家中，我特别要把罗道儿夫·林道（Rudolph Lin dau 1829—1910）提出来说说的原因，就因为他的作品在德国，也还不见得十分为同时代及后世的人所尊重；并且他在生前，正当洪、杨的起义前后，是曾在中国、日本等东方大埠流寓得很久的缘故。

他的故乡是在德国西北部的 Altmark，晚年并且又在北海滨的 Helgoland（他死在巴黎，葬却葬在此处）住得很久，所以他的小说的主调，是幽暗沉静，带一味凄惨的颜色的，中年以后，又受了东方的影响；佛家的寂灭思想，深入在他的脑里，所以读起他的小说来，我们并不觉得他是一个外国的作家。

他的小说，全集共有六卷，因为后半生是过的外交官的生活，故而长短各篇小说之中，独富于异国的情调。在三、四年前，我曾译过他的一篇《幸福的摆》（先在《奔流》上发表，现收在生活书店印行的《达夫所译短篇集》中，）发表的当时，沈从文曾对我说，他以为这是我自己做的小说，而加了一个外国人的假名的，这虽则不是他的唯一代表的作品，但读了之后，他的作风，他的思想，他的作品的主题，也大略可以领会得到了。他的用文字，简练得非凡——原因是因他遍通英、法文，知道选择用语——而每一篇小说的叙述进程之中，随处都付以充分的情绪，使读者当读到了他的最琐碎的描写的时候，也不会感到干燥。笔调是沉静得很的，人物性格是淡写轻描而又能深刻表现的。整篇的文字，没有一句赘句，所以他想要表现的主题思想，都十足表现到了恰到好处，断无过与不及的弊病。他的全集之中，尤其是值得一读的，是一九〇四年出的 Die alten Geschichten 和一八九七年出的土耳其小说集（Die Tuerkische Geschichten）。关于东方若日本及中国的小说，也很多很多；他的观察东方人的性格，思想，简直比我们自己还要来得透辟。例如读他的一篇描写日本人的小说《Sedschi》就可以见得当时日本的社会状态和武士气概，比读《明治维新史》之类的书，还要了解得更彻底一点。

他的描写寄寓在东方的外国人的思想行动，因为他观察得久，体验得深了，读了尤其觉得活灵活现，发人深省。例如写一个蒙了不白之冤，为商人社会所鄙弃，但后来终得昭雪，可是他的思想已早趋于消极，卒至自沉于黄浦江外的海里的一篇《荷兰长子》（Der lange Hollaender）之类，就是这一种小说的代表。

他的小说的结构，同俄国屠格涅夫的短篇小说很像；这两位同时代者，我想一定是在巴黎会到过的无疑。譬如写一件事情罢，总是先点出作者自身是在何地何时干什么什么，这中间就遇到了怎么怎么的事情和怎么怎么的人物。这一种写法，原是陈腐得很的格式，但经他们写来，却是自由自在，千真万确，不但不使你有一点感到陈腐的余裕，就是在读下去的中间，要想吐一口气的工夫都没有。

关于林道的小说的研究，是足有一本十万字的论文好写的；这一篇短文，只可以说是绪论的一节，余论且等到另外有机会的时候再写罢。

读劳伦斯的小说

——却泰来夫人的爱人——

劳伦斯的小说，却泰来夫人的爱人 Lady Chatterley's Lover，批评家们大家都无异议地承认它是一代的杰作。在劳伦斯的晚年，大约是因为有了闲而又有了点病前的脾气的结果罢，他把这小说稿，清书重录成了三份之多。这一样的一部小说的三份稿本子，实质上是很有些互相差异的，头一次出版的本子，是由他自己计划的私印出版；其后因为找不到一个大胆的出版者为他发行，他就答应法国的一家书铺来印再版，定价是每本要六十个法郎，这是在数年以前，离他的死期不久的时候。其后他将这三本稿子的版权全让给了 Frieda Lawrence。她曾在英国本国，将干犯官宪的忌讳，为检查官所通不过的部分削去，出了一本改版的廉价本。一九三三年，在巴黎的 LesEditions Du Pêgase 出的廉价版，系和英国本不同的不经删削的全豹，头上是有一篇 Frieda Lawrence 的公开信附在那里的。

先说明了这版本的起伏显没以后，然后再让我来谈谈这书的内容和劳伦斯的技巧等等。

书中所叙的，仍旧是英国中部偏北的 Derby 炭矿区中的故事；不过这书与他的许多作品不同，女主人公是一位属于将就没落的资产贵族阶级的男爵夫人。

克列福特·却泰来是却泰来男爵家的次子，系英国中部 Terershall 矿区的封建大地主，离矿区不远的山上的宫囿 Wragey Hall 就是克列福特家历代的居室，当然是先由农民的苦汗，后由矿区劳动者的血肉所造成的阿房宫。

却泰来家的长子战死了，克列福特虽有一位女弟兄，但她却在克列福特结婚的前后作了故，此外，却泰来家就没有什么近亲了。

却泰来夫人，名叫康司丹斯（Constance），是有名的皇家美术协会会员，司考得兰绅士（Sir Malcolm Reid）之次女。母亲是费边协会的会员，所以康司丹斯和她的姊姊希儿黛 Hilda 从小就受的是很自由的教育。她们姊妹俩，幼时曾到过巴黎，弗罗兰斯，罗马等自由之都。当一九一三年的前后，希儿黛二十岁，康司丹斯十八岁的光景的时候，两人在德国念书，各人曾很自由地和男同学们谈过恋爱，发生过关系。一九一七年克列福特·却泰来从前线回来，请假一月，他就和康司丹斯认识，匆匆地结了婚。一月以后，假期满了，他只能又去上了弗兰大斯的阵线，三个月后，他终被炮弹所伤，变成了一堆碎片被送回来了，这时候康司丹斯（爱称康尼 Connie），正当是二十三岁的青春。在病院里住了二年，他总算痊愈了，但是自腰部以下，终于是完全失去了效用。一九二十年，他和康尼回到了却泰来世代的老家；他的父亲死了，所以他成了克列福特男爵，而康尼也成了却泰来男爵夫人。

此后两人所过的生活，就是死气沉沉的传统的贵族社会的生活了。男爵克列福特，是一个只有上半身（头脑），而没有下半身的废人，活泼强壮的却泰来夫人，是一个守着活寡的随身看护妇。从早起一直到晚上，他们俩所过的都是刻版的不自由的英国贵族生活。而英国贵族所特有的那一种利己，虚伪，傲慢，顽固的性格，又特别浓厚地集中在克列福特的身上。什么花呀，月呀，精神呀，修养呀，统治阶级的特权呀等废话空想，来得又多又杂，实际上他却只是一位毫不中用，虚有其名的男爵。

在这中间，这一位有闲有爵，而不必活动的行尸，曾开始玩弄了文墨。他所发表的许多空疏矫造的文字，也曾博得了一点社会上的虚名。同时有一位以戏剧成名的爱尔兰的青年密克立斯 Michaelis（爱称 Mick）于声名大噪之后，终因出身系爱尔兰人的结果，受了守旧的英国上流社会的排挤，陷入了孤独之境。克列福特一半是好意，一半也想利用了密克而成名，招他到了他的家里。本来是一腔热情，无处寄它，而变成孤傲的密克，和却泰来夫人一见，就成了知己，通了款曲。但却泰来夫人，在他的身上觉得还不能够尽意的享乐，于是两个人中间的情交，就又淡薄了下去。密克去伦敦以后，在 Wragby Hall 里的生活，又回复了故态，身强血盛的却泰来夫人，又成了一位有名无实的守活寡的贵族美妇人。这中间她对于喜欢高谈阔论，自命不凡的贵族社会，久已生了嫌恶之心了。因厌而生倦，因倦而成病，她的健康忽而损坏到了消瘦的地步。

不久以后，克列福特的园囿之内，却雇来了一位自就近的矿区工人阶级出身，因婚姻失败而曾去印度当过几年兵的管园猎夫 Mellors。小说中的男主人公从此上场了！这一位工人出身的梅洛斯就是却泰来夫人的爱人！

原书共十九章，自第五章以下，叙的就是却泰来夫人和爱人梅洛斯两人间的性生活，以及书中各人的微妙的心理纠葛。

梅洛斯的婚姻的失败，就因为他对于女人，对于性，有特异的见解和特别的要求的缘故。久渴于男性的爱，只在戏剧家密克身上尝了一点异味而又同出去散了一次步仍复回到了家来一样的康尼，遇见了梅洛斯的瘦长精悍的身体以后，就觉得人生的目的，男女间的性的极致，尽在于此了。说什么地位，说什么富贵，人生的结果，还不是一个空，一个虚无！运命是不可抗，也不能改造的。

在这一种情形之下，残废的却泰来，由他一个人在称孤道寡，让雇来的一位看护妇 Mrs. Bolton 寡妇去伺候厮伴，她——却泰来夫人自己便得空就走，成日地私私的来到园中，和梅洛斯来过原始的彻底的性生活。

但是很满足的几次性交之后，所不能避免的孕育问题，必然地要继续着发生的。在这里，却泰来夫人，却想起了克列福特的有一次和她谈的话。他说："若你去和别人生一个孩子，只教不破坏像现在那么的夫妇生活，而能使却泰来家有一个后嗣，以传宗而接代，保持我们一家的历史，倒也很好。"她想起了这一段话的时候，恰巧她的父亲和也已出嫁的姊姊希儿黛在约她上南欧威尼斯去过一个夏。于是她就决定别开了克列福特，跟她父亲姊姊上威尼斯去。因为她想在这异国的水乡，她或者可以找出一个所以得怀孕的理由。而克列福特，或者会因这使她怀孕者是一个不相识的异乡人之故而把这事情轻轻地看过。

但是巴黎的醉舞，威尼斯的阳光，与密克的再会，以及和旧友理想主义者的福勃斯相处，都不能使她发生一点点兴趣；这中间，胎内的变化，却一天天的显著起来了，最后她就到达了一个不得不决定去向的人生的歧路。

而最不幸的，是当她不在的中间，在爱人梅洛斯的管园草舍里，又出了一件大事。就是梅洛斯所未曾正式离婚的前妻珂资 Bertha Coutts 又突然回来了。这一位同母牛一样的泼妇，于出去同别的男人同住了几年之后，又回到了梅洛斯的草舍，宣布了他和却泰来夫人的秘密，造了许多梅洛斯的变态性欲的谣言，硬要来和梅洛斯同居，向他和他的老母勒索些金钱。梅洛斯迫不得已，就只好向克列福特辞了职，一个人又回到了伦敦。刚在自威尼思回来的路上的却泰来夫人康尼，便私下和梅洛斯约好了上伦敦旅馆中去相会。肉与肉一行接触，她也就坚决地立定了主意，去信要求和克列福特离婚，预备和梅洛斯两人去过他们的充实的生活。

这一篇有血有肉的小说三百余页，是以在乡间作工，等满了六个月，到了来年春夏，取得了和珂资 Bertha Coutts 的离婚证后，再来和康尼同居的梅洛斯的一封长信作结束的，“一口气读完，略嫌太短了些!”是我当时读后的一种茫然的感想。

这书的特点，是在写英国贵族社会的空疏，守旧，无为，而又假冒高尚，使人不得不对这特权阶级发生厌恶之情。他的写工人阶级，写有生命力的中流妇人，处处满持着同情，处处露出了卓见。本来是以极端写实著名的劳伦斯，在这一本书里，更把他的技巧用尽了。描写性交的场面，一层深似一层，一次细过一次，非但动作对话，写得无微不至，而且在极粗的地方，恰恰和极细的心理描写，能够连接得起来。尤其要使人佩服的，是他用字句的巧妙。所有的俗字，所有的男女人身上各部分的名词，他都写了进去，但能使读者不觉得猥亵，不感到他是在故意挑拨劣情。我们试把中国《金瓶梅》拿出来和他一比，马上就可以看出两国作家的时代的不同，和技巧的高下。《金瓶梅》里的有些场面和字句，是重复的，牵强的，省去了也不关宏旨的，而在《却泰来夫人的爱人》里，却觉得一句一行，也移动不得；他所写的一场场的性交，都觉得是自然得很。

还有一层，劳伦斯的小说，关于人的动作和心理，原是写得十分周密的，但同时他对于社会环境与自然背景，也一步都不肯放松。所以读他的小说，每有看色彩鲜艳刻划明晰的雕刻之感。

其次要讲到劳伦斯的思想了，我觉得他始终还是一个积极厌世的虚无主义者，这色彩原在他的无论那一部小说里，都可以看得出来，但在《却泰来夫人的爱人》里，表现得尤其深刻。

现代人的只热中于金钱，Money！Money！到处都是为了Money的争斗，倾轧，原是悲剧中之尤可悲者。但是将来呢？将来却也杳莫能测！空虚，空虚，人生万事，原不过是一个空虚！唯其是如此，所以大家在拼命的寻欢作乐，满足官能，而最有把握的实际，还是男女间的性的交流!

在这小说的开卷第一节里。他就说:

我们所处的,根本是一个悲剧的时代,可是我们却不想绝望地来顺受这个悲剧。悲惨的结局,已经出现了,我们是在废墟之中了,我们却在开始经营着新的小小的建设,来抱着一点新的小小的希望。这原是艰难的工作;对于将来,那里还有一条平直的大道;但是我们却在迂回地前进,或在障碍物上匍匐。不管它地折与天倾,我们可不得不勉图着生存。

这就是他对于现代的人吃人的社会的观察。若要勉强地寻出一点他的乐观来的话,那只能拿他在这书的最后写在那封长信之前的两句话来解嘲了:

他们只能等着,等明年春天的到来,等小孩的出养,等初夏的一周复始的时候。(三五五页)

劳伦斯的小说的结构,向来是很松懈的,所以美国的一位批评家约翰麦西 John Macy 说:“劳伦斯的小说,无论从那一段,就是颠倒从后面读起都可以的。”但这一本《却泰来夫人的爱人》却不然,它的结构倒是前后呼应着的,很有层次,也很严整。

这一位美国的批评家，同时还说他的作风有点像维多利亚朝的哈代 Thomas Hardy 与梅莱狄斯 George Meredith，这大约是指他的那一种宿命观和写的细致而说的；实际上我以为稍旧一点的福斯脱 E. M. Forster 及现在正在盛行的乔也斯 James Joyce 与赫胥黎 Aldous Huxley 和劳伦斯，怕要成为对二十世纪的英国小说界影响最大的四位大金刚。

一九三四年九月

钱唐汪水云的诗词

钱唐汪大有，字元量，善鼓琴，以琴受知绍陵（即南宋度宗，在位十年，年号咸淳。咸淳元年乙丑，为元世祖至元二年，西历一二六五年。咸淳十年为至元十一年，西历一二七四年），出入宫掖。恭帝德佑二年丙子（元至元十三年，西历一二七六年），元丞相伯颜入临安，南宋亡，执帝后及太后与嫔御北，水云从之。入燕，留燕数年。时故宫人王清惠，张琼英辈皆善诗，相见，辄涕泣倡和。又文丞相文山被执在狱，水云至锒铛所，勉丞相必以忠孝白天下。作拘幽十操，文山倚歌和之。元世祖闻其名，召入，命鼓琴，一再行，乞为黄冠归钱唐，世祖赐为黄冠师。临行，故幼主瀛国公，故福王平原公，驸马右丞杨镇；故相吴坚，留梦炎；参政家铉翁，文及翁皆赋诗饯行。与故宫人王昭仪等十八人，酾酒城隅，分韵赋诗，哀音哽乱，泪下如雨。南归后，往来匡庐彭蠡间，若飘风行云，莫能测其去留之迹，自号水云子。

水云长身玉立，修髯广颡，而音若洪钟；江右之人以为神仙，多画其像以祠之。

上面的四五百字，是我从水云集后附录在那里的钱塘县志文苑传，南宋书，乃贤诗序上面；综合排列，抄录补缀成来的汪水云的全传。此外，关于汪水云的史实，我搜求了好几年，到现在还是一无所得。譬如他生于何年，死于何日，在商务的历代名人生卒年表，吴荷屋中丞的历代名人年谱上也查不到；当然在历代名人生卒年表的源流书里，如正续补以及三续的疑年录，全祖望的年华录等书里，也是没有的。此外的正书，如宋史元史之类，更可以不必说，就是元明清人的笔记里，也寻不出他的生卒的年月。我们只知道文天祥生于宋端平三年丙申（西历一二三六年）被杀于元至元一九年壬午腊月初九（西历一二八二年）年四十七岁。伯颜丞相，卒于元至元三十一年十二月庚子日（西历一二九五年），年五十九岁。又据乃贤金台集的《读汪水云诗集》诗序里之所说，则乃贤之得识水云，系由于危太史（太朴名素）之言传。是则乃贤已不及见水云，而危素系元至正间翰林，生于元元贞元年乙未（西历一二九五年），卒于明洪武五年壬子（西历一三七二年），年七十八岁。危太朴似乎是见过水云的，因他的状貌长身玉立云云，都是由乃贤从危太史处听来的话。可是谢翱皋羽，也卒于元元贞元年，年四十七岁；终谢皋羽之身，四十七年中，应该和汪水云有一面的机会的无疑，而程篁敦编之宋遗民录卷第十一，载谢翱续琴操哀江南四章之序曰：“宋季有以善鼓琴见上者，出入宫掖间，汪姓，忘其名。临安不守，太后嫔御北，汪从之。宿留蓟门数年，而文丞相被执在狱，汪上谒，且勉丞相必以忠孝白天下，予将归死江南。及归，旧宫人会者十八人，釃酒城隅与之别，援琴鼓再行，泪雨下，悲不自胜。后竟不知所在，嘻，汪盖死矣。客有感之者，为续琴操，曰哀江南，凡四章”。观此则谢皋羽始终未见水云，而水云之死，当在危太朴出生之前。岂危太朴亦人之传闻，而转告乃贤的么？

总之文山被杀之日（至元十九年），水云尚在人间，而水云的死，当在元贞元年（一二九五）前后（尚有大德元年卒之刘辰翁序文可据），距他的生日，若有八十岁者，当在嘉定宝庆之间，或竟在绍定年间出世的也说不定。至于元陈泰之《送钱塘琴士汪水云》一诗，成于何年，不可考，亦离大德至正不远，决不会在延祐年间。

这样武断地断定了他的生卒年岁以后，让我们再来谈谈他的诗词。

汪水云的诗之散见于笔记者，有元陶宗仪之辍耕录一段：“（上略）天兵平杭日，水云诗曰：西塞山边日落处，北关门外雨来天。南人堕泪北人笑，臣甫低头拜杜鹃。又曰：钱塘江上雨初干，风入端门阵阵酸，万马乱嘶临警跸，三宫洒泪湿铃鸾，童儿剩遣追徐福，疠鬼终当灭贺兰，若说和亲能活国，婵娟应是嫁呼韩。此语尤悲哽，先生诗有水云集”。

瞿宗吉佑所著之归田诗话里，也有一段：“（上略）遣还，幼主送诗云：黄金台上客，底事又思家，为问林和靖，寒梅几度花。宋宫人，多以诗送行者，有云：客有黄金共璧怀，如何不肯赎奴回，今朝且尽穹庐酒，后夜相思无此杯。意极凄惋。元量有诗一帙，皆叙宋亡事，如云：乱点传筹杀六更，风吹庭燎灭还明，侍臣奏罢降元表，臣妾佥名谢道清。余诗大抵类是，可备野史。元乃易之题其帙后云：三日钱塘海不波，子婴系组纳山河，兵临鲁国犹弦诵，客过商墟独啸歌，铁马渡江功赫弈，铜人辞汉泪滂沱，知章喜得黄冠赐，野水闲云一钓蓑。”

乃贤题的诗，本有两首，还有一首是：一曲丝桐奏未收，萧萧笳鼓禁宫秋，湖山有意风云变，江水无情日夜流，供奉自歌南渡曲，拾遗能赋北征愁，仙人一去无消息，沧海桑田空白头。而前面所说的乃贤诗序云云，就是写在这两首诗前头的一段小序；正因这段小序之故，我们到今日还能想像得起汪水云的声形状貌。

尧山堂外记里也有一则，所记与前两书无大出入，唯多记了一首汪水云的诗，谓元量尝和清惠诗云：“愁到浓时酒自斟，挑灯看剑泪痕深，黄金台回少知己，碧玉调高空好音，万叶秋声孤馆梦，一窗寒月故乡心，庭前昨夜梧桐雨，劲气潇潇入短襟”。

还有西江诗话里，说汪水云是浮梁人，咸淳进士，官兵部侍郎，当系另一姓汪者。因水云亦常出没于匡庐彭蠡间，故以之为浮梁人。此外则记事亦大抵相同，只多抄了一首汪水云的轶诗（系见于遂昌山人杂录中的），名题王导像：秦淮浪白蒋山青，西望神州草木腥，江左夷吾甘半壁，只缘无泪洒新亭。诗的口气，倒很像是水云所作；同一节末后，更说“北去老宫人之能诗者，皆其指教；或谓瀛国公喜赋诗，亦水云教之”。这说或许有据，但亦不见得宫人个个都是水云的诗弟子。

（中国一般笔记的坏处，就在人云亦云；大抵关于某人之一事或一诗，特著名者，各家笔记，都只载这一段。结果弄得你想调查一古人之生卒年月，或一生大事及著作等类，翻尽千百种书，也只晓得那出名的一事或一诗而已，其他则空无所得也，这缺憾，在我搜查汪水云的史实时原常感到，而尤其当我在搜查明清之际的史实时，感到得最深）。

汪水云的诗之散见于笔记者，大略已如上述，现在当谈一谈他的诗词的整个的刻本。大约水云的诗，选刻得最早者，一定是元刘辰翁本，因刘辰翁死在大德元年，去汪水云之死不远也。

刘选本后失流传，明崇祯年间钱牧斋自云间旧钞本中录得水云诗二百二十余首的跋语里说，刘辰翁批点刊行之本，尚未及见，是其明证。至于千顷堂书目所载湖山类稿十三卷，词三卷本，则更少流传，简直无人见到了。康熙年间，石门吴氏刻宋诗，中有水云一集，诗共二百余首，当系钱牧斋钞存之集，唯吴刻有误书错简之病耳。雍正中有人发见汪水云湖山类稿全帙五卷，断为刘辰翁批点刊行之本。乾隆三十年鲍廷博将雍正间所发见之湖山类稿与水云诗集搜集合刊，复采宋遗民录中之刘辰翁原序补入卷首，于是汪水云的诗词，总算勉强成了全璧；不过湖山类稿卷一前脱四番，其上各卷中也每有脱字，一首或半首不等，乃雍正中旧本磨灭的地方，就是在四库全书里，也无法抄补，通行本自然更不必说了。我所见到的通行本，是光绪丁酉年钱唐丁氏，照四库本（亦即鲍氏本）翻刻的湖山类稿五卷，附录一卷，水云集一卷，附录三卷。大抵汪水云的诗词，以及宫人倡和的诗，遗闻，轶里，考证之类，差不多也搜罗到了十分之九，所可恨者，就是我上面所说的一件，终还不晓得汪水云的生卒年月耳。为此事，我也去访问过许多钱唐姓汪的年长者，想问问他们的家谱上，是如何的载在那里的。但浙江之汪氏，都是隋唐间汪华的子孙，派系繁多，多到了几百宗几千系。自南宋迄今，又七八百年了，其间兴灭不常，迁移无定，汪水云的嫡系子孙，即系有传存者，也无从说起了。

丁氏翻刻本，因系丛书武林往哲遗著中之一种，不能单买，所以一般学子，得读汪水云诗词全集者，为数不多。十余年前，有正书局曾照宋诗钞的底本，排印过一本《水云石门诗钞》的小册子，但绝版已久，市面上也不见流传了，故而近时除就武林往哲遗著中的刻本以外，很难有机会得读汪水云的诗词。

静的文艺作品

自己大约因为从小的教养和成人以后的习惯的关系，所嗜读的，多是些静如止水似的遁世文学。现在侘傺无聊，明知道时势已经改变，非活动不足以图存，这一种嗜好应该克服扬弃了，但一到书室，拿起来读的，总仍旧是二十年前曾经麻醉过我的，那些毫无实用的书。

小时候第一次接触这一类书时的开口乳，是一位为法国翰林院所褒奖过的 Emile Souvestre 著的 Un Philosphe-sous les Toits，的英译本 An Attic Philosōpher in Paris。这一位屋顶间的哲人，生活简单，头脑冷静，对人世的过年过节，庆贺欢歌，都只是平心静气地在旁观赏；有时候发两句议论，有时候引一节古典，一年四季，春夏秋冬，兴与人同，狂非我分，乐道安贫，猫猫虎虎，一辈子就过去了。

嗣后就在我的心里，种下了一个偏嗜这一种清静的遁世文学的毒根，而和我周旋得最久，到现在也还是须臾不离的，是美国的那位肺病哲学家 Henry David Thoreau 的六七册著作。

他的森林生活的记录 Walden：My Life in the Woods 原已经是世界有名的了，但其他的散著，若《孔告儿特河上的旅游》，若《坎拿大的一美国人》，若《麻省的早春，夏，冬》；若《田野间的漫步》，若 Cape Cod 诸作品，总没有一册不是经我读过在三四回以上的。

其他若 George Gissing 的《亨利·莱克洛夫脱的手记》，若 Alexander Smith 的《梦乡随笔》，或名《村落文章》，若 Hazlitt 的轻快的散文，若 Amie 的《反省日记》，若 Silvis Pellico 的《狱窗回忆》，若 Sennacourt 的 Obermalnn，一系下来，像这一种遁世文学，我真不知收集了多少册，读过了多少次，现在渐入老境，愈觉孤独，和这些少日的好友，更是分不开来了，所以我想特别提出来和大家说说，好教后来的读者，不致再踏我的覆辙。

总之，西洋的物质文明，比我们中国进步得快，所以自从十八世纪以后，像卢骚，像卡拉儿，像费趣脱，尼采诸先觉，为欲救精神的失坠，物欲的蔽人，无不在振臂狂呼，痛说西洋各国的皮相文明的可鄙。因之头脑清晰一点，活动力欠缺一点的各作家，也厌弃了现实生活，都偏向到了清静无为的心灵王国里去。而我们中国人哩，本来是就有这一种倾向潜伏在大家的心里的，一和这些在西洋以为新奇，而在中国实在还不见得澈底的文学一接触，自然是很容易受它们的麻醉的了，更何况西洋物质文明的输入，都不过是最坏最浅薄的一面的现在呢！

因此，我有一点小小的建议：这些静的遁世的文艺，从文艺本身上说，原不是无价值的东西，但我们东方人的读者，总要到了主见已定，或事功成就之后，才可以去和它们接触；对于血气方刚，学业未立的青年，去贪读这些孤高傲世的文学作品，是有很大的危险性在的。

还有一种太热心于利禄，把自己的本性都忘了的中国现代的许多盲目男女，我倒很想劝他们去读读这些西洋人的鄙视物质的名言，以资调剂。因为中国目前之大患，原在物质的落后，但尤其是使我们的国命断丧的，却是那一班舍本逐末，只知快乐而专谋利己的盲目的行尸。

并且这些静的文艺的好处，是在它的文辞的美丽。上面我所举出的各位作家，——虽然也还不过是千分之一的一小部分，——他们差不多个个都是很会使用文字的 Stylist，所以对于争生存争面包忙得不了的现代人，于人生战场上休息下来，想换一换空气，松一松肩膀的时候，拿一册来读读，也可以抵得过六月天的一盒冰淇淋，十二月的一杯热老酒的功用。若去入了迷，成了瘾，那可要成问题了，这险是我所不敢保的。

一九三三年十二月。

清新的小品文字

周作人先生，以为近代清新的文体，肇始于明公安竟陵的两派，诚为卓见。可惜清朝馆阁诸公，门户之见太深，自清初以迄近代，排斥公安竟陵诗体，不遗余力，卒至连这两派的奇文，都随诗而淹没了。

近来翻阅笔记宋罗大经《鹤林玉露》于卷四第七节中见有这么的一段，先把它抄在下面：

余家深山之中，每春夏之交，苔藓盈阶，落花满径，门无剥啄，花影参差，禽声上下。午睡初足，旋汲山泉，拾松枝，煮苦茗啜之；随意读《周易》，《国风》，《左氏传》，《离骚》，《太史公书》，及陶杜诗，韩苏文数篇。从容步山径，抚松竹，与麛犊共偃息于长林丰草间，坐弄流泉，漱齿濯足。既归竹窗下，则山妻稚子作笋蕨，供麦饭，欣然一饱；弄笔窗间，随大小作数十字，展所藏法帖墨迹画卷纵观之。兴到，则吟《小诗》或草《玉露》一两段，再啜苦茗一杯，出步溪边；邂逅园翁溪友，问桑麻，说粳稻，量晴校雨，探节数时，相与剧谈一饷；归而倚杖柴门之下，则夕阳在山，紫绿万状，变幻顷刻，恍可人目，牛背笛声，两两来归，而月印前溪矣。

看了这一段小品，觉得气味也同袁中郎，张陶庵等的东西差不多。大约描写田园野景，和闲适的自然生活，以及纯粹的情感之类，当以这一种文体为最美而最合。远如陶渊明的《归去来辞》，近如冒辟疆的《忆语》，沈复的《浮生六记》，以及史悟冈的《西青散记》之类，都是如此。日本明治末年有一派所谓写生文体，也是近于这一种的体裁，其源出于俳人的散文记事，而以俳圣芭蕉的记行文《奥之细道》一篇，为其正宗的典则。现在这些人大半都已经过去了。只有斋藤茂吉，柳田国男，阿部次郎等，时时还在发表些这种清新微妙的记行记事的文章。

英国的 Essay 气味原也和这些近似得很，但究因东西洋民族的气质人种不同，虽然是一样的小品文字，内容可终不免有点儿歧异。我总觉得西洋的 Essay 里，往往还脱不了讲理的 Philosophising 的倾向，不失之太腻，就失之太幽默，没有东方人的小品那么的清丽。说到了英国，我尤其不得不提一提那位薄命诗人 Alexander Smith（1830—1867），他们的一派所谓 Spasmodic School

的诗体，与司密斯的一卷名 Dreamthorp（亦名《村落里写就的文章》）的小品散文，简直和公安竟陵的格调是异曲同工的作品，不过公安竟陵派的人才多了一点，在中国留下了一个不可磨灭的印迹，而英国的 Spasmodic School 却只如烟火似的放耀了一次罢了。

原来小品文字的所以可爱的地方，就在它的细，清，真的三点。细密的描写，若不慎加选择，巨细兼收，则清字就谈不上了。修辞学上所说的 Trivialism 的缺点，就系指此。既细且清，则又须看这描写的真切不真切了。中国旧诗词里所说的以景述情，缘情叙景等诀巧，也就在这些地方。譬如杨柳岸晓风残月，完全是叙景，但是景中却富有着不断之情；万里悲秋常作客，百年多病独登台，主意在抒情，而情中之景，也萧条得可想。情景兼到，既细且清，而又真切灵活的小品文字，看起来似乎很容易，但写起来，却往往不能够如我们所意想那么的简洁周至。例如《西青散记》卷三里的一节记事：

弄月仙郎意不自得，独行山梁，采花嚼之，作《蝶恋花词》云，……（词略）。童子刈刍，翕然投镰而笑曰，吾家蔷薇开矣，盍往观乎？随之至其家，老妇方据盆浴鸡卵，婴儿裸背伏地观之。庭无杂花，止蔷薇一架。风吹花片堕阶上，鸡雏数枚争啄之，啾啾然。

只仅仅几十个字，看看真觉得平淡无奇，但它的细致，生动的地方，却很不容易学得。曾记年幼的时候，学作古文，一位老塾师教我们说：“少用虚字，勿用浮词，文章便不古而自古了”我觉得写小品文字，欲写得清新动人，也可以应用这一句话。

一九三三年七月二十八日

略谈幽默

幽默究竟是属于情的呢还是属于智的？对这问题，许多文学家心理学家，似乎争论得很起劲。有的说，幽默是全属于智的，一涉及情，幽默便终止了，譬如，看见一个人，忽而仰天跌了一交，我们就会得笑。但一感到这人跌死了或跌伤了的时候，怜悯同情之心动了，所以笑也就笑不成功。这话原也不错，但李逵搬母过山，老虎吃了他的老母，后来经他述说，宋大哥心中不觉好笑，却也是事实。所以说一涉及情，幽默便而终止的话，我觉得也不尽然。不过幽默之来，终像属于智的部分较多，涉及情的地方较少，倒是讲得通的话，若说完全与情无关，那却有点不对了。从前日本人初译幽默这一个外国字的时候，还有人把它译作“有情滑稽”的，假使幽默而不带一点情味，则这一种幽默，恐怕也不会有多大的回味。俄国柴霍甫的小说戏剧的所以受人欢迎，妙处也就在他的滑稽里总带有几分情味。所以有人说微苦笑的心境，是真正的艺术心境。

查组成幽默的实际，总不外乎性格和场面的两种分子。幽默的人物性格，和幽默的事件场面，互相织合起来，喜剧就成功了。让我先引一段古书作例之后，再来说明：

杭城石某，家甚富，有呆子之名，善于丝竹，而挥金如土，出于意表。后渐贫，屡欲谋售宅，有来议视者，必盛筵款接，优戏笙歌竟日。人或绐以看宅未遍，来晨再至，则歌席相待如初，甚至半月未议价，而亏欠已累累矣。有田数百亩在萧山，托王兆祥代售，馆于其家；每数日，有人乘舆来索债，形容褴褛，石必鞠躬迎款。向王乞余钱赠之而去，隔日来，仍复如故。王私问其家人，究何急债乃尔？答曰："主人所穿洋绒袍，系赁来者，每日赁价千钱，此人系居间言定，索价时，并赏舆钱工食，故源源而来也。"时正严寒，王视其袍，亦敝甚，劝不如自购裘服，因借银六锭付之。石至衣店中，拣阅竟日而归，绝不提及。居数日，王问前买衣银何在？答曰："衣有合意者，未讲定价值，以银为押，约昨日不往取，则银必押没；昨因酒醉，偶忘之，无可复问也。"至岁晚，田未售成，石愤急欲自尽，王惊救之，因为减半价售去。问何急需？石曰：

“昨岁欠人千钱，除夕有群众持刀斫入，我哀切恳求，许以堂中楠木桌椅及一切什物偿利，始恨恨持去：今若空归，又须受窘迫也。”其痴呆类如此，妻劝之，不听，因析炊别居，得田百余亩，尚温饱；怜石饥寒，制衣遣人送至，石必怒叱之，取衣碎剪如缕，送食至，则抛掷户外。遂卒以馁死。

京师寿佛寺门前，地甚辽旷，云有鬼，傍晚路过者咸惴惴。一暑夜，溟濛尘雨，淡月微映，一人著屐过，值一人对面来，相去不数步，谛视，其人矗然戴三首焉，疾号倒地，三首者亦狂呼，脱二首而倒。有顷，行人集，始掖起而苏，视三首者，则以两手捧两瓜于肩耳，怪其大声号，故亦惊，释手碎瓜而僵云。

（以上两则，都见海昌俞石年著之《高辛砚斋杂记》中，我是从《妙香室丛话》卷十四里转抄下来的。）

上面的两则笔记，读起来都有点好笑，不过第一则的幽默，分明是在石某这一个人的性格上，第二则，当然是由于事件场面的巧合了。虽然仅仅看了这两节笔记，我们不能不下概括的断语，但大体说来，则幽默的性格，往往会诉之于情。如法国莫利哀的喜剧，我们读了，笑自然会笑，但衷心隐隐，对主人公的同情或憎恶之情，也每有不能自已之势。其次，对于错误，颠倒，或意外的幽默场面，则哄然一笑，此外说没有什么余味了，这就因为不涉及情，所以感人不深的缘故。

一九三三年八月十日

MABIE 幽默论抄

美国散文作家氏 Hamilton Wright Mabie，在一本《文学申说》(Essays in Literary Interpretation) 里，有一篇关于幽默的文章，题名 A Word About Humor，系纽约 Dodd Mead and Company 所发行。现在将这一篇文字的大意，抽译剥制，介绍在下面。

要把幽默和急智（Wit 或作机智）的本质说明，界限划清，是一件很困难的事情；从古代亚利士多德以来，批评家们谁都在感到。这两个文学上无处不在的分子，变幻离奇，就是最严格最有论理头脑的思想家，也不能以范畴公式来笼住它们。它们的变化多端，不单是一种大大的爱娇，并且也证实了幽默和急智在人事万端中所演的重要任务。它们是无所不在的，凡艺术上，宗教上，历史上的精神满溢之处，喜乐与悲哀，友谊与敌忾，高洁与污浊，同时同样地都用得着它们。它们的性质是最为大家所周知所认识，可是无论如何，你总不能以一定义来说出。日常我们是乐于用它们尊重它们的，但对于固定物件似的界说，却怎么也下不了。急智变幻太多，幽默基于天性，完全的定义，是不可能的。这不是说，我们对于它们的性质，不能窥探，对于它们的歧异，全无明察，英国文学是富于急智与幽默的，因而对于两者的分析说明，也来的很多。海士立脱（Hazlitt），来汉脱（Leigh Hunt），萨喀莱（Thackeray）等，都喜欢以文章来证说（并非解释）这些，而许多英美的批评家散文家，无不在加以令人了解它们的帮助。

准确的定义，并非是深奥的思想与了解的必要条件；而精神心理的最深邃处，却最易感到而最难捉摸。

急智含有多量智的分子，故轮廓比幽默稍为清晰，然两者性质终极近似，一见之下，往往难以辨得乌之雌雄。总之，两者的发生，同是由于一种颠倒（Incongruity或作失谐，不调）与对称（Contrast）的感知而来；不过急智较为轻快，干燥，明显，纯含智的分子，而幽默较为彻底，遍在，是根于性格和气质的。急智是才智的巧运，而幽默为天性的流露。急智是心灵的自觉的机巧，而幽默却出自人性的深处，往往不自觉地从性格中表现出来的。古代的科学者，至指幽默为组成人身的四大成分之一，实在是很可以助我们了解幽默的根本性质的解释。急智只在事物的外表上徘徊，而幽默能入它们的深处，洞彻到底，并不有意识地探握到它们的隐秘。急智是没有声色，不动情感，干燥抽象的；但幽默却系全人格，全身心的表现，有柔情，有同情，有怜情，有哀情。即使撩人作笑，却也并无恶意与狠心，其为笑也，与泪相联，两种情怀，常常极自然地混合错综，像是四月里的天气。

最深的幽默，决不含破坏，讥刺，伤人之意。服尔德的幽默，常是轻笑冷讽的假面，而海涅的急智却锐利得像外科医生的钢刀。但西万提斯的幽默，是对人尊敬客气，莎士比亚的幽默，又是富于柔情哀意的。

勃须纳而博士（Dr. Bushnell）说得好："急智是干燥的故意的造作，想博得赞许，想吞没对方，且含妒意，想把人家的善处好处掩抑下去。至于幽默，是精神本身的润泽之蒸发，笑时因为满怀是笑，不得不尔，若含哀意，尽可以哭，持满充盈，啼笑皆宜。阵雨淋枝，黄樱细草也点点含珠；其后清光化日来临，照出晶莹的水滴，终无存心故意的形迹可求，将使你辨不出这究竟是笑的泪还是哭的泪。"健全，自在，是幽默的特性。急智有时也许可以自在，可以健全，甘美，可以发人隐秘，但幽默却必然地是自在，健全，甘美，显示隐秘的。

急智便于引用一句两句，不能全读，服尔德，雪特尼·斯密司（Sydney Smith），大仲马等的急智，都是如此。它只是对话中的一句警语，如电光之一闪，不能包括人生或思想之全部，无创造的活力。比到广大，赅括，使万物成熟的阳光似的幽默，却差得多。幽默就是将全人生显示给我们的东西，如亚利士多芬纳斯，西万提斯，莫利哀，莎士比亚等的作品，所给与我们的，便是全人生的翻译。罗雪安，拉勃来，海涅等的幽默，却是自由自在，天空海阔，打破武士制度形式，打破虚伪，自欺，打破贱民主义的狭小，自满，愚陋与浅薄的生力军。尤其是海涅，初看似乎是破坏的，但是他的那一种矛盾的性格，善感的天资，诙谐的高调，毕竟是他对时代，对环境的反抗。这便是他的作品的特长，也即是幽默的真谛。至若亚利士多芬纳斯，则更是一个破坏一切，解放人类的创造者了。

若说这一个人生广泛的包罗，与解放的力量，是破坏的幽默家的特质的话，那以真诚严肃来对待人生的建设的幽默家，如莎士比亚，莫利哀，西万提斯，李希泰（Richter），喀拉爱而（Carlyle）等，更足重视他了。这两种幽默家的研究，可以使我们看出幽默所包括的背景，实在比幽默家所处的世界还要大一点。大幽默家悠然泰然游戏人间，就足证明他的了解一切人生的秘密，而较孜孜从事于工作者所包含的更伟大更自由完满。因为游戏是一种大力量饱满后的自在的流出，是艺术家将他的思想体化时的喜悦与丰满的游刃。

认真的论理家，不认想像与洞察力为可靠，终身营营于规矩方圆之中，见人生之一面，自以为已冒万险而穷究竟；殊不知幽默者，方站在世界圈外，静观人生，以全体的眼光，在看万象系统中之一部分人事世事。他明知人生是一悲剧，但作整个的观察时，阴影亦为光明所掩没。故幽默家对于近身事体，许为一厌世悲观者，但对于宇宙的实际，整个人生的价值与尊严，却自有他的乐观的信仰。

苏克拉底泰然处世，在人生最重要的关头，亦能以反讽的态度相处，就因为他早超出于地域人种等的小信念，而抱有一绝对根本的大信念在那里。喀拉爱而利用幽默和想像的交织，以人生背景的无限与永久为目标，故能轻视传统的旧习，以睥睨一世。莎士比亚的悲剧，和他的喜剧，同出一源，是由他的天性与人生观里溢流出来的力量。他的描写悲剧原因，是超然处于一优越者的地位，因他知道违反天则者，悲剧原是难免的结果。他以深沈大觉者的态度，描写悲剧的经过，一丝不乱，平稳安闲，因为他早就从一时的风云黑暗，而看到了彼岸的天空。这就是大幽默的沈著，系由事物的全体统观而来的沈著。

幽默在这根本的意义上，就是人生的颠倒与对称的感知。从人生的论理观点看来，这对称是悲剧的，从自由扩大的信念原意，通过想像来看，这对称却是富于幽默的。小孩子们因为不懂事物相关的界限与重要而有时会得到痛苦的经验，由成人看来，这些经验原是很可笑的；从神通的视点来看人生，也免不了有同样的幽默分子存在人生之中。以有不灭的灵魂的人类，而去经商营贩，搬弄些即灭的事物，更营营于衣食，而亟亟欲保此灵魂的外壳，必灭的躯体，岂不是很可笑的事情？幽默之源，就在这人类不灭的灵魂与必灭的物质关系的对称矛盾之上。将这幽默，说得最透辟的书，当无过于喀拉爱而的那部衣裳哲学（Sortor Resartus）了。

有限与无限的矛盾对称，便是人生的幽默之源，唯达观者，有信念者，远视者，统观全体者，得从人生苦与世界苦里得到安心立命的把握，而暂时有一避难之所。幽默是一牢不可破的信仰的谛观，所以带几分忧愁，是免不了的。世人之视幽默为轻率，为不懂人生的严肃者，实在是大错而特错的见解。

一九三四年十二月

谈谈民族文艺

民族文艺的叫唤，大抵是某一个民族，受到了他一民族的重压，或某一个民族伸张发展，将对其他民族施以重压时的必然的流露；前者的例，在中国历代被外族所侵，终至于亡国的时候，都可以看出，而尤以目下为最著；后者的例，是德国在世界大战以前的流行现象。现在当希脱拉在压迫犹太民族的正中，死灰又复燃了。

文艺的与民族人种有关，是铁样的事实；因为文艺根本就是人所创造的东西，而个人终有其族，终有其种，荒岛上的卢炳逊是决不会为了他自己一个人而去创造文艺的。

民族文艺当然是有文艺以后，同时就存在在那里的，因为文艺就是民族文化的自发表现，亦是对于这民族以后的文化发展发生一种脯育作用的精神力；譬如意大利的但丁，德国的歌德的作品，《神曲》与《浮士德》，一面原是以当时两国民族的精神生活为背景的个性表现，但同时却又是第二代的国民精神生活的养料。民族文艺原是有文艺以后，同时就存在在那里的事实，但这观念的发生，却须有一种民族自觉的意识来促成；以在同一国土，言语，社会制度的条件之下所产出的文艺，与其他民族的文艺作品总体来作一个比较的时候，这观念才显示得格外的明确。

所以在中国古代，像《诗经》创作的时代，或屈原写《离骚》的时代，他们都不以民族文艺作家自任，就是他们同时代者，也不抱了民族文艺的观念去读他们的东西的。第一，在当时，中国国民的民族意识还没有自觉，第二，可以拿了《诗经》与《离骚》去作对比的外国文学，也没有流入到中国来。在西洋也是一样，譬如希腊时代，这一个民族主义文艺的观念是没有的；到了罗马统一了西欧，罗马人在文学艺术只知道模仿希腊；独立的文化，罗马人仅在日用起居饮食和政治上标了一个异，民族文艺的观念自然也不会发生。中世纪的欧洲，又是基督教会统一精神世界，压迫民族自立的时代，独立的民族尚且很少，民族文艺的观念，当然更没有了。

民族文艺或国民文学等称号，是十七世纪法国诸批评家为尊重本国文学传统之故而创始的名词。所以在法国，提倡这一种主义的文学家特别的多；稍远的如 Sainte Beuve Taine 诸人，近代如 Brunetiere Maurice Berras 以及现在还活著的老作家 Paul Bourget，都德的儿子 Leon

Daudet 之类，都是墨守着国民传统主义的群星。尤其是英国文学史作者的 Hyppolyte Taine，他的批评文学，每以人种，环境，时代的三条件来作分析的标准，当系大家所周知的事实。而对于这三标准中，他对于人种，更加著重；他说，亚利安人种，不管流传下了几千年的时间，分散到了什么样的地方，但是人种的遗传血统等特质，总还是依然保留着的；虽则因环境与时代的不同，以及变质的发露，小节或偶有差异之处，如等为一犬之长而为猎犬，为守门犬，为爱玩犬一样，但结果的大关节目，总还是有人种的特殊地方保存在那里的。泰纳的这种透辟的批评见解，实在是可以拿来作民族文艺的论据的一块柱石。大家试想想，在同一个疆土之中营生活，体质面貌有同一的形象，所用的又是一种语言文字，社会制度，习惯风俗感情等等，又都是一样的一群人，他们所造出来的文艺，那里会没有互似的共通之点呢？

民族文艺的论调，到了一境之隔的德国，经过古艺术史研究家 Winckelmann（1717—1768）的创导，以为希腊的艺术，就是从希腊的人种，风土，宗教，社会，习惯等全民族的内外生活所发生的精神之果；同时又有诗人 Herder（1744—1803）的歌颂人类的大议论（Iden Zur Qeschichte der Menschheit）出现，说到人类的发达，应从国家的民族的团体生活上著眼；凡言语，宗教，法律，文艺等等，都是民族的特质与境遇的必然结果，团体生活的自然的生产；一国的文学全体，就是这一国国民的文化的反映，这一国国民的活的生力体系（Ein System Lebendiger Kraft）的表现；诗人就是较周围诸人感觉更灵敏更深刻的民族先觉者，所以文学可以说并不是个人与为个人的产物，也不是可以私有的东西。继这一种见解之后，又来了世界的两大诗人歌德与雪勒的作品的实证，于是民族文艺或国民文学的观念，就根深蒂固地种入在日耳曼民族的脑里了。结果，在一九一四年终于引起了世界的大战，直到现在，这观念也还在驱使希脱勒党徒，虐杀无国家的犹太的流民，如在头上我所说过的一样。

像这样约略地把欧州的民族文艺理论起伏的经过考虑了一遍之后，却好回顾到我们目下的中国来了；在目前的中国，正是提倡民族文艺最适当也没有的机会，且看在政治上，在言论上，以及社会的一切上，左倾思想的潜伏，与民族主义论调的高涨，就可以晓得强邻压境的时候，一般民众所急于要保存的是什么东西。何以在五四的当时，在国民革命军出发的前后，以及三五年前普罗文学盛行的期间，民族文艺这一个名词，会不受人欢迎的呢？从这里，我们可以知道，凡是一种运动，或一个名词，时机未熟，客观的条件不曾具备，但凭几个人来空喊是不会发生绝大的效力的。民族思想，民族意识，在我们之先的先觉者，不知已经说了多少次了，可是不到亡国的关头，不服奴隶的贱役，不至于家破人亡的绝境，民族自觉的意识，是不会普遍地发扬，像目下那么的深刻的。

既然有了民族意识的自觉，自然首先要把这意识具体化到最微妙最易感的文艺上来，于是乎民族文艺的这一个口号，就变成了目下文艺界的宠儿；而有许多作家，并且也有意识地创作了许多篇的东西了，可是在这里，我就感到有两点危险的地方。

第一，像目下我们听人在提倡的那一种民族文艺，觉得未免太狭义了一点。狭义的爱国心，狭义的民族主义，是要遗误大事的；从结果好的一方面说，即使民众一时受了刺激，果然团结自强了，若不识大体地一直的下去，恐怕终于要变成战前的德国，目下的日本一样，弄成一种人不我侵而我将侵人的状态。

第二，我们现在听人在提倡的一种民族文艺，似乎不着重在民族的全体，而只着重在民族中特异的个人；这一种英雄崇拜思想在艺术上的流露，是穷来说富时，老来说少年的回顾的温情，是民族衰老的证明。

总之我想说，伟大的文艺，就是不必提倡，也必然地是民族的文艺；但既经提倡了，则当以整个民族为中心，以世界人类为对象，本着先图自强，次求共存的精神做下去才对。地球上若只成了一种人种或一个国家的时候，文化还有进步的日子么？并且民族文艺作品，也并非一定要说“杀到东京去！杀尽日本人！”才是正宗。把目光放大来一看，则描写财主的横暴，官吏的贪污，军阀的自私，如《东周列国志》，《水浒传》等，叙述学子的寒酸，酷吏的刻薄，如《儒林外史》，《老残游记》之类，也未始不是我们中国的民族文艺。

不过再进一步的说法，民族文艺的确立，要进了世界文艺的圈内，才算能够稳定。同在前面已经说过的一样，民族文艺的成立，要有甲乙的比较，彼此的不同特点，才能要求独立的地位，世界的公认。若只有几句仄仄平平，或一篇“大哉孔子”，则在中国，或许可以夸为民族文艺的杰作，但一经比较，恐怕就要等于沙上的楼台，说不定经过一阵狂风之后，也就会坍下来的。

一九三五年十二月

谈诗

我不会做诗，尤其不会做新诗，所以新诗的能否成立，或将来的展望等，都谈不上。似闻周作人先生说，中国的新诗，成绩并不很好。但周先生的意思，不是说新诗可以不要，或竟教人家不要去做。以成绩来讲，中国新文学的里面，自然新诗的成绩比较得差些。可是新的感情，新的对象，新的建设与事物，当然要新的诗人才歌唱得出，如以五言八韵或七律七绝，来咏飞机汽车，大马路的集团和高楼，四马路的妓女，机器房的火夫，失业的人群等，当然是不对的。不过新诗人的一种新的桎梏，如豆腐干体，十四行诗体，隔句对，隔句押韵体等，我却不敢赞成，因为既把中国古代的格律死则打破了之后，重新去弄些新的架锁来带上，实无异于出了中国牢后，再去坐西牢；一样的是牢狱，我并不觉得西牢会比中国牢好些。

至于新诗的将来呢，我以为一定很有希望，但须向粗大的方面走，不要向纤丽的方面钻才对。亚伦坡的鬼气阴森的诗律，原是可爱的，但霍脱曼的大道之歌，对于新解放的民族，一定更能给与些鼓励与激刺。

中国的旧诗，限制虽则繁多，规律虽则谨严，历史是不会中断的。过去的成绩，就是所谓遗产，当然是大家所乐为接受的，可以不必再说；到了将来，只教中国的文字不改变，我想着洋装，喝着白兰地的摩登少年，也必定要哼哼唧唧地唱些五个字或七个字的诗句来消遣，原因是因为音乐的分子，在旧诗里为独厚。

当然，新诗里——就是散文里，也有一种自然的韵律，含有在那里的；但旧诗的韵律，唯其规则严了，所以排列得特别好。不识字的工人，也会说出一句“今朝有酒今朝醉”来的道理，就在这里。王渔洋的声调神韵，可以风靡一代；民谣民歌，能够不胫而走的原因，一大半也就在这里。

除了声调韵律而外，若要讲到诗中所含之“义”，就是实体的内容，则旧诗远不如新诗之自在广博。清朝乾嘉时候有一位赵翼（瓯北），光绪年间有一位黄遵宪（公度），曾试以旧式古体诗来述新思想新事物，但结果终觉得是不能畅达，断没有现在的无韵新诗那么的自由自在。还有用新名词入旧诗，这两位原也试过，近代人如梁任公等，更加喜欢这一套玩意儿，可是半新不旧，即使勉强造成了五个字或七个字的爱皮西提，也终觉得碍眼触目，不大能使读者心服的。

旧诗的一种意境，就是古人说得很渺茫的所谓“香象渡河，羚羊挂角，”无迹可求的那一种弦外之音，新诗里比较得少些。唐司空表圣的二十四诗品，所赞扬的，大抵是在这一方面。如冲淡，如沈著，如典雅高古，如含蓄，如疏野清奇，如委曲，飘逸，流动之类的神趣，新诗里要少得多。这与形式工具格律，原有关系，但最大的原因，还是在乎时代与意识之上。今人之不能做陶韦的诗，犹之乎陶韦的不能做《离骚》一样，诗人的气禀，原各不同，但时代与环境的影响，怎么也逃不出的。

近代人既没有那么的闲适，又没有那么的冲淡，自然做不出古人的诗来了；所以我觉得今人要做旧诗，只能在说理一方面，使词一方面，排韵炼句一方面，胜过前人，在意境这一方面，是怎么也追不上汉魏六朝的；唐诗之变而为宋诗，宋诗之变而为词曲，大半的原因，也许是为此。

旧诗各体之中，古诗要讲神韵意境，律诗要讲气魄对仗，近代人都不容易做好。唯有绝诗，字数既少，更可以出奇制胜，故而作者较多，今后中国的旧诗，我想绝句的成绩，总要比其他各体来得好些，亦犹之乎词中的小令，出色的比较的多，比较得普遍也。

做诗的秘诀，新诗方面，我不晓得，旧诗方面，于前人的许多摘句图，声调谱，诗话诗说之外，我觉得有一种法子，最为巧妙。其一，是辞断意连，其二，是粗细对称。近代诗人中，唯龚定庵，最擅于用这秘法。如“终胜秋燐亡姓氏，沙涡门外五尚书”，“近来不信长安隘，城曲深藏此布衣”，“只今绝学真成绝，册府苍凉六幕孤”，“为恐刘郎英气尽，卷帘梳洗望黄河”，“梦断查湾一角青”，“自障纨扇过旗亭”，“苍茫六合此微官”，之类，都是暗用此法，句子就觉得非常生动了。古人之中，杜工部就是用此法而成功的一个。我们试把他的《咏明妃村》的一首诗举出来一看，就可以知道。

咏怀古迹　明妃村

群山万壑赴荆门，生长明妃尚有村，一去紫台连朔漠，独留青冢向黄昏，画图省识春风面，环珮空归月夜魂，千载琵琶作胡语，分明怨恨曲中论。

头一句诗是何等的粗雄浩大，第二句却收小得只成一个村落。第三句又是紫台朔漠，广大无边，第四句的黄昏青冢，又细小纤丽，像大建筑物上的小雕刻。今年在北平，遇见新自欧洲回国的美学家邓叔存，谈到此诗，他倾佩到了极顶，我说此诗的好处，就在粗细的对称，辞断而意连，他也点头称然。还有杜工部的近体，细看起来，总没有一首不是如此的。譬如在夔州作的《登高》一首：

风急天高猿啸哀，渚清沙白鸟飞回，无边落木萧萧下，不尽长江滚滚来，万里悲秋常作客，百年多病独登台，艰难苦恨繁霜鬓，潦到新亭浊酒杯。

又何尝不然。总之，人的性情，是古今一样的，所用的几个字，也不过有多少之分，大抵也差不到几千几万。而严沧浪所说的“诗有别才，非关学也”，几微之处，就在诗人的能用诀巧，运古常新的一点。

一九三四年十月

娱霞杂载

清康熙的时候，休宁赵吉士恒夫，于做了一任交城县后，就在北平住下了，做官到了给练。他的别业寄园，就在宣武门的西偏，菜市西南，教子胡同内。有人也说，长椿寺西，全浙会馆，便是寄园的故址。读查他山九日游寄园诗：“萦成曲磴叠成冈，高着楼台短着墙，花气清如初过雨，树阴浓爱未经霜，熟游不受园丁拒，放眼从惊客路长，亦有东篱归不得，四年京洛共重阳。”可以想见当时寄园的花木楼台之胜。癸亥甲子之交，我寄寓北平，日斜客散，往往独步于菜市的附近，想寻出那寄园的遗址来；可是寻来寻去，不但旧迹无存，就是老树，也不多见。寄园藏书之富，本为当时的京官所艳称。赵著万青阁全集，流传不广，我也不曾见到，而其所编之《寄园寄所寄》十二卷，却为妇孺所共赏，现在还在流行。赵吉士的万青阁诗余，曾在清百名家词钞里见到十首，现在且抄一首游平山堂的扬州慢在这里，以见一斑："霜岸妆楼，草桥画舫，隔林几处烟钟。望江南无数，碧浪泻云峰。庐陵子，构堂以后，春风杨柳，岁岁啼红。到而今栏槛，依然半依晴空。何方歌吹，杜郎梦断竹西中。想北海荒陵，东山老桧，曲径遥通。已是小阳春候，犹留得，半壑秋容。叹刘苏难再，风流谁继遗踪。"平时喜翻阅前人笔记及时文别集，很有仿《寄园寄所寄》遗意，随时抄录，别类分门，以成一书之野心。可是近年来日逼于衣食，做卖钱投稿之文，尚无暇晷，这事是办不到了，以后只想于茶余酒后，未拿正式写稿笔之先，来抄录一点，聊以寄兴。因为霞很喜欢读这一类的诗文，所以名之曰《娱霞杂载》。

金坛于敏中，字叔子，一字重棠，花朝舟中寄内诗云："青山曲曲水迢迢，红白山花拥画挠，寄语归潮将信去，富春江外过花朝"。"梁燕双栖二月中，小桃庭院又东风，凭栏忆到春山外，可系花间一道红"。这乃是公宦游越中时所作，细腻风光，柔情可掬。我平时很想将关系富春的诗词文赋，抄成一册，仿严陵集例，名之曰《富春集》。像这两绝，当然是富春集里的材料。公乾隆进士，授修撰，历官文华殿大学士，文渊阁领阁事，卒谥文襄。

幼时曾熟记律诗一首，题名春景，"裁红晕碧泪漫漫，南国春来正薄寒，此处柳花如梦种，向来烟月是愁端，画堂消息何人晓，宝镜容颜独自看，珍重君家兰桂宝，东风取次一凭栏”。书题作者为柳氏，不知是否牧斋夫人杨爱之作。即系后人伪托，诗总也是好诗，而尤以前半截为更有情趣。

宋吕蒙正微时，尝于腊月祀灶日，作送神词云：“一炷清香一缕烟，灶君今日上青天，玉皇若问人间事，报道文章不值钱”。这与刘后村赠相士诗：“拙貌惭君仔细看，镜中我自觉神寒，直从杜甫编排起，几个吟人作大官”，一样的感慨。

厉太鸿宋诗纪事，八十七卷闺媛部，有寇莱公妾蒨桃，为公因会赠歌姬以束绫，作诗呈公云：“一曲清歌一束绫，美人犹自意嫌轻，不知织女萤窗下，几度抛梭织始成”。“风劲依单手屡呵，幽窗轧轧度寒梭，腊天日短难盈尺，何似妖姬一曲歌”。两诗虽像是满含醋意，可是相府的爱妾，而竟能关怀到寒窗织女的苦哀，也不得不说她是仁者之言。又同卷中，转载随隐漫录一条，记姑苏女子沈清友一绝：“晚天移棹泊垂虹，闲倚篷窗问钓翁，为底鲈鱼低价卖？年来朝市怕秋风”，也颇得风人微讽之意。

南丰刘埙，本为宋室遗民，其所著《隐居通议》二十卷，论诗论文，颇有独到之处。卷七记曾南丰一条，力辩世俗传言谓子固不能作诗之无识，曾抄有曾子固诗句若干，中有城南绝句一首：“雨过横塘水满堤，乱山高下路东西，一番桃李花开尽，惟有青青柳色齐。”又夜过利沙门一首："红纱笼烛照斜桥，复观翚飞入斗杓，人在画船犹未睡，满堤明月一溪潮"，乃系曾在福建时作，的是好诗。

杭州的文人，大家都知道"到江吴地尽，隔岸越山多"的一联，以为只有十字的断句。全唐诗中载有此诗，乃释处默题圣果寺之作："路自中峰上，盘回出薜萝，到江吴地尽，隔岸越山多。古木丛青霭，遥天浸白波，下方城郭近，钟磬杂笙歌"。据编者所考，处默初与贯休同剃染，后入庐山，与修睦，栖隐游，当为唐末五代初人。全唐诗中存诗亦仅八首，其咏织妇一绝："蓬鬓蓬门积恨多，夜阑灯下不停梭，成缣犹自赔钱纳，未直青楼一曲歌"，语意与蒨桃相似，而织户苦状，和现下杭州的机织业者又略同。

绵州李调元雨村，乾隆二十八年进士，改庶吉士；三十一年散馆，改授吏部文选司主事。三十九年，放广东副考官，四十二年因画稿两议被参。旋以特旨，简授广东学政，三年任满，补直隶通永道。解组归后，以著述自娱，晚号童山老人，刻有函海，升庵著书，全五代诗等，童山诗集四十卷，童山文集二十卷，以及雨村诗话，赋话，词话，曲话，剧话等。与袁蒋赵同时而略少，后随园二十二年生，较问陶张船山又长一辈，其论诗要旨，亦重性灵，大约是当时的风尚。诗话序中有云："夫花既以新为佳，则诗须陈言务去；大率诗有恒裁，思无定位。立言先知有我，命意不必由人。诗衷于理，要有理趣，勿堕理障。诗通于禅，要得禅意，毋堕禅机。言近而指远，节短而韵长，得其一斑，可窥全豹矣”。又词话序中，有释话字之大旨两语曰：“大凡表人之妍，而不使美恶交混曰话；摘人之强，而使之瑕瑜不掩亦曰话”，他的著作态度，可以想见。虽则僻处西蜀，才不如袁赵诸家，名亦不能传遍海内，但刻意好诗书，专心弄著述，童山老人当然亦是乾嘉文坛的一位健将。

遵义郑子尹，与独山莫友芝齐名，咸丰中，人目为黔中二杰，殁于同治三年。治许郑学，精三礼，故为文有根底，诗近苏黄，而不规规肖仿古人。著作除经学笺考诸书外，有巢经巢文集六卷，诗集九卷，后集遗集各若干卷。现在抄录几首他的诗在这里，以见经生辞藻，亦并非专是曰若稽古的一流。晚兴：“写毕黄庭册，归从道士家，晚风亭子上，闲看白莲花”。寄远：“美人夜起梅花底，身载梅花渡江水，四天寻遍不相闻，遥认寒灯九万里。柔肠牵引不禁愁，暗有铜仙涕泪流，多情赖得徒相忆，若便相逢尽白头”。邯郸：“尽说邯郸歌舞场，客车停处草遮墙，少年老去才人嫁，独对春城看夕阳”。南阳道中：“先车雨过尘方少，未夏村明望不遮，林脚天光如野水，麦头风焰渡晴沙。春当上已犹无燕，地近南都渐有花，昼睡十分今减半，为留双眼对芳华。”行至静怀庄寄家：“秋山送客影萧萧，落拓吟魂不可招，村店雨来天欲晚，行人方度杏花桥。”好句正多，抄不胜抄，割取一脔，聊当大嚼而已。

张泌初仕南唐，入宋官虞部郎中，寄故人一绝：“别梦依依到谢家，小廊回合曲阑斜，多情只有春庭月，犹为离人照落花”，尚有“扬子江头杨柳春”的遗味；至汪水云湖州歌中之“京口沿河卖酒家，东边杨柳北边花，柳摇花谢人分散，一向天涯一海涯”，则语意率直，真是宋人口吻。诗分唐宋，并无优劣之意，不过时代不同，语气自然各异耳。

西溪老沤袁忠节公，正色立朝，谠言殉志，自是清末一代名臣。公故里桐庐，又与富阳接壤，我收藏他的著作以及关于当时的册籍不少，人但传其诗句僻涩，上追北宋，殊不知他的长短句，也音节悠扬，直入宋人堂奥，现在且抄两阕朝中措在这里，以示才人的多艺。其一咏桂花：“一技移得小山丛，肤粟镂金融。荷后菊前位置，秋光烂占离东。轻浮抹丽（俗作茉莉盖译音也），冶容栀子，扫地俄空。凭仗天风吹送，余香散入房栊”。其二，淀园：“画桥流水碧潺潺，烟外几重山。曲涧朱阑一径，垂杨青琐双环。芊绵跸路，名园相倚，花掩重关。一片晓云开处，金庭出翠微间。”

昭文孙原湘字子潇，中式乾隆乙卯恩科江南乡试，嘉庆乙丑进士，改翰林院庶吉士，充武英殿协修官。假归，得怔忡疾，遂绝意仕进，但主毓文，紫阆，娄东，游文诸书院讲席；为人乐善好施，广惠乡里，道光九年享寿七十岁卒。著有诗词古文骈体文及外集六十卷，名天真阁集，而尤长于艳体。其论诗主性情，讲风雅，故所作辄玉润珠圆，不施金翠，而风格天然。夫人虞山席佩兰女士，本系外家中表，为随园入室女弟子，长真阁集诗词数卷，亦情致缠绵，足与天真阁集前后辉映。闺中唱和无虚日，乾嘉诗人之饱享艳福者，当以子潇为第一，他着张船山，孙渊如，即袁子才，亦有所不及。子潇有押环字无题诗二十四章和竹桥丈韵，中数首为："绛阙宸妃字阿环，云軿小谪凤城间，神光离合随方变，仙梦凄迷竟夕闲。凝雪自穿衫缕莹，纤尘不上袜罗斑，玉楼咫尺如天远，何况楼中润玉颜"。"一年小梦事循环，又值秋分白露间，十洞三清皆阻碍，六张五角每空闲。诉将幽怨鹍絃语，替得悲啼凤蜡斑，镇日画图中看杀，何时暂许对芳颜"。"丽质休猜燕与环，秾纤修短适中间，小鬟戏学晨梳懒，中妇偷窥午梦闲。画角暗搔纤指晕，墨痕微舔绛唇斑，不知忆着何年事，半晌妆台独解颜"。夫人亦和成四章，其二云："小阁疏帘绿树环，妆台移至北窗间，工书赢得蛮笺积，贪绣翻抛羽扇闲。藕雪素丝留有节，瓜浮碧玉辨无斑，兰桡早绝清游想，羞共芙蕖斗粉颜"。其四云："屈膝围屏面面环，水沈炉火置中间，金铃远报风声紧，彩线频量日影闲。荐忝自劳盘搦粉，吟椒犹喜管拈斑，耐寒生与梅花似，冰作肌肤雪作颜”。至其送外入都一首：“打叠轻装一月迟，今朝真是送行时，风花有句凭谁赏，寒暖无人要自知。情重料应非久别，名成翻恐误归期，养亲课子君休念，若寄家书只寄诗”，哀而不怨，情挚且长，真备有大家的风度。

记闽中的风雅

到了福州，一眨眼间，已经快两个月了。环境换了一换，耳之所闻，目之所见，果然都是新奇的事物，因而想写点什么的心思，也日日在头脑里转。可是上自十几年不见的旧友起，下至不曾见过面的此间的大学生中学生止，来和我谈谈，问我以印象感想的朋友，一天到晚，总有一二十起。应接尚且不暇，自然更没有坐下来执笔的工夫。可是在半夜里，在侵晨早起的一点两点钟中间，忙里偷闲，也曾为宇宙风，伦语等杂志写过好几次短稿。我常以为写印象记宜于速，要趁它的新鲜味还不曾失去光辉中间；但写介绍，批评，分析的文字，宜于迟，愈观察得透愈有把握。而现在的我的经验哩，却正介在两者之间，所以落笔觉得更加困难了一点。在这里只能在皮相的观察上，加以一味本身的行动，写些似记事又似介绍之类的文字，倒还不觉得费力，所以先从福建的文化谈起。

福建的文化，萌芽于唐，极盛于宋，以后五六百年，就一直的传下来，没有断过。宋史浩帅闽中，铺了仙霞岭的石级，以便行人；于是闽浙的交通便利了，文化也随之而输入。朱熹的父亲朱松，自安徽婺源来闽北作政和县尉，所以朱子就生在松溪。朱松殁，朱子就父执白水刘致中勉之。籍溪胡原仲宪，屏山刘彦冲翚，及延平李文靖愿中等学，后来又在崇安，建阳，以及闽中闽南处讲学多年，因而理学中的闽派，历元明清三代而不衰。前清一代，闽中科甲之盛，敌得过江苏，远超出浙江。所以到了民国廿五年的现代，一般咬文嚼字，之乎者也的风气，也比任何地方还更盛行。风雅文献的远者，上自唐朝林邵州中遗集，欧阳詹四门集起，中更西昆，沧浪，后村，至谢皋羽而号极盛；元明作者继起，致诗中有闽派之帜，郑少谷，曹石仓辈，更是一代的作手；清朝像林茂之，黄莘田，朱梅崖，伊墨卿，张亨甫，林颖叔辈，都是驰骋中原，闻名全国的诗人，直到现在，除汉奸郑孝胥不算中国人外，还有一位巍然独存的遗老陈石遗先生。所以到了福建之后，觉得最触目的，是这一派福州风雅的流风余韵。晚上无事，上长街去走走，会看见一批穿短衣衫裤的人，围住了一张四方的灯，仰起了头在那里打灯谜。在报上，在纸店的柜上，更老看见有某某社征诗的规约及命题的广告。而征诗的种类，最普遍的却是嵌字格的十四字诗钟。譬如“微夹” “凤顶”，就是一个题目，应征者若呈“夹辅可怜工伴食，徽臣何敢怨投闲”（系古人成句）的一联，大约就可以入上选了。开卷之日，许大众来听，以福州音唱，榜上仍有状元榜眼探花等名目。摇头摆尾，风雅绝伦，实在是一种太平的盛事。福州也有一家小报名《华报》；《华报》同人都是有正当职业的人，盖系行有余力，因以弄文的意思，和上海的有些黄色小报，专以敲竹杠为目的的，有点两样。曾有一次和华报同人痛饮了一场之后，命我题诗，我也假冒风雅，呈上了二十八字：“闽中风雅赖扶持，气节应为弱者师，万一国亡家破后，对花洒泪岂成诗!”这打油诗，虽只等于轻轻的一屁，但在我的心里，却诚诚恳恳地在希望他们能以风雅来维持气节，使郑所南，黄漳浦的一脉正气，得重放一次最后的光芒。

一九三六年三月末日。

梅雨日记

一九三五年六月廿四日，在杭州。

是阴历的五月廿四日，星期一，阴；天上仍罩着灰色的层云，什么时候都可以落下雨来。气温极低，晚上盖了厚绵被，早晨又穿上了夹袄。本来是大家忧旱灾再来的附近的农民，现在又在忧水灾了；“男种秧田女摘茶，乡村五月苦生涯，先从水旱愁天意，更怕秋来赋再加，”这是前日从上海回杭，在车中看见了田间男女农民劳作之后，想出来的诗句；农村覆灭，国脉也断了，敌国外患，还不算在内；世界上的百姓，恐怕没有一个比中国人更吃苦的。

这一次住上海三日，又去承认了好几篇不得不做的小说来；大约自六月底起，至八月中旬止，将无一刻的空闲。计译文一篇，人间世一篇，全集序文一篇，是必须于十日之内交出的稿子。此外则时事新报与文学的两篇中篇，必须于八月中交出。还有大公报，良友，新小说的三家，也必须于一月之内，应酬他们各一篇稿子。

开始读 A. J. Cronin 著的小说 Hatter’s Castle 系一九三一年伦敦 Victor Gollancz 公司发行的书；这公司专印行新作家的有力作品，此书当也系近年来英国好小说中的一部；不过 Hugh Walpole 的近代英国小说的倾向中，未提起这一个名字，但笔致沈着，写法周到，我却觉得这书是新写实主义的另一模范。

中午接到日本寄来的三册杂志，午睡后，当写两三封复信，一致日本郑天然，一致日本邢桐华，一致上海的友人。太阳出来了，今天想有一天好晴，晚上还须上湖滨去吃夜饭。

中午记

六月廿五日，星期二，阴，时有阵雨。

旧历五月廿五，午前出去，买了一部诗法度针，一部皇朝古学类编，实即姚梅伯选皇朝骈文类编，一部大版经义述闻。三部书，都是可以应用的书，不过时代不同，现在已经无人过问了。午后想写东西，因有友人来访，不果；晚上吃了两处饭，但仍不饱。明日尚有约，当于午后五时出去。

与诗人戴望舒等谈至夜深，十二时始返寓睡，终夜大雨，卧小楼上，如在舟中。

六月廿六日，星期三，大雨。

午前为杭州一旬刊写了一篇杂文，书扇面两张，雨声不绝，颇为乡下农民忧，闻富阳已发大水。中午出去吃饭，衣服全淋湿了。

一直到夜半回寓，雨尚未停；喝酒不少，又写了好几把扇面。

六月廿七日，（五月廿七），星期四，晴。

天渐热，除早晨三四个钟头外，什么事情都不能做，午后只僵睡而已。

三点后，有客来，即昨晚同饮的一批。请他们吃饭打牌，闹到了十二点钟。

客散后，又因兴奋，睡不着觉，收拾画幅等，到了午前的一点。夜微凉，天上有星宿见了，是夏夜的景象也。

六月廿八日，（阴历五月廿八），星期五，晴热。

午前写了五六百字，完结了那一篇为杭州旬刊所作的文章，共二千字。

因事出去，回来的途中，买萧季公辑历代名贤手扎一部，印得极精，为清代禁书。

午后读任公饮冰室诗话，殊不佳。

晚上大雨，蚊子多极，有乡下来客搅扰，终夜睡不安稳。

六月廿九日，（阴历五月廿九），星期六，阴闷。

晨六点半起床，开始写自传，大约明后日可以写完寄出，这一次约有四千字好写。

终日雨，午后，邻地之居户出屋，将门锁上，从今后又多了一累，总算有一块地了。

晚上睡了，忽又有友人来，坐谈到夜半。

六月三十日，（阴历五月底），星期日，终日雨。

晨起已将九点，出去上吴山看大水；钱塘江两岸，都成泽国了，可伤可痛。中午回来后，心殊不宁静，又见了一位友人的未亡妻，更为之哀痛，苦无能力救拔她一下。

二时后，赵龙文氏夫妇来，与谈天喝酒玩到旁晚；出去同吃夜饭，直至十点方回，雨尚未歇。自明日起，生活当更紧张一点，因这几天来，要写的东西，都还没有写成。

七月一日，（阴历六月初一），星期一，阴雨终日。

午前写自传，成千字，当于明日写了它。午后略晴，有客来访，与谈至旁晚，共赴湖滨饮；十一时回寓，雨仍不止也。不在中，又有同乡数人冒雨来过。

七月二日，（六月初二），星期二，晴。

久雨之后，见太阳如见故人；就和儿子飞坐火车上闸口去看大水，十二时返家。

午后小睡，又有友人来谈，直至夜深散去。

七月三日，（六月初三），星期三，晴，闷。

大约今晚仍会下雨，唯午前略见日光，各地报水灾之函电，已迭见，想今年浙省，又将变作凶年。

晨起，有友人来，属为写介绍信一封，书上题辞一首。中午有人约去吃饭，饭后在家小睡；三时又有约须去放鹤亭喝茶，坐到旁晚；在群英小吃店吃晚饭，更去戴宅闲谈到中夜才回。

七月四日，（六月初四日），晴和，星期四，以后似可长晴。

晨起读曲利纽斯荒原丛莽一篇，原名 Im Heide-Kraut 原作者 Trinius 于一八五一年生于德国 Schkeuditz，为拖林干一带的描写专家，文具诗意，当于明天译出寄给译文。按自上海回后，十余日中，一事不作，颇觉可惜；自明日起，又须拼命赶作稿子，才得过去。为开渠题了一张画，二十八字，录出如下：

扁舟来往洋波里，家住桐州九里深，
曾与严光留密约，鱼多应共醉花阴。

中午又买航空奖券一条，实在近来真穷不过了，事后想起，自家也觉可笑。

晚上去湖滨纳凉，人极多，走到十二点钟回来。

七月五日，（六月初五），星期五，阴，时有细雨。

早晨发北新李小峰信一封，以快信寄出，约于本月十日去上海取款。

午睡醒后，译荒原丛莽到夜，不成一字，只重读了一遍而已，译书之难，到动手时方觉得也。薄暮秋原来，与共饮湖滨，买越南志士阮鼎南南枝集一部，只上中下三卷，诗都可诵。

晚上凉冷如秋，今年夏天，怕将迟热，大约桂花蒸时，总将热得比伏天更甚。

生活不安定之至，心神静不下来，所以长久无执笔的兴致了，以后当勉强地恢复昔年的毅力。

七月六日，（六月初六），星期六，晴。

午前为邻地户执等事出去，问了一个空；回来的路上，买郎仁宝七修类稿一部，共五十一卷加续稿七卷，二十册。书中虽也有错误之处，但随笔书能成此巨观，作者所费心力，当亦不少。寄园所寄之作，想系模仿此稿者，也是类书中之一格。

今日译荒原丛莽二千字，不能译下去了，只能中止，另行开始改正全集的工作；这工作必须于三四日内弄它完毕，方能去上海。

自七日起，至十日止，将全集中之短篇三十二篇改编了一次，重订成达夫短篇集一册，可二十万字。

十日携稿去上海，十一日遇到了振铎，关于下学期暨大教授之课程计划等，略谈了一谈。下午回杭，天气热极。

自十二日起，至十四日止；天候酷热，什么事情也不能做，只僵卧在阴处喘息。

七月十五日，(旧历六月十五日)，星期一，晴。

昨晚西北风骤至，十点半下了十五分钟大雨，热气稍杀，今晨觉清凉矣。读关于小泉八云的书，打算做一篇散文。

午后仍热，旁晚复大雨；出去了一趟，买删订唐仲言唐诗解一部，系罕见之书，乃原版初印者。

晚上早睡，因天凉也。

七月十六日，(六月十六)，星期二，晴。

晨五时起床，上城隍山登高，清气袭人；在汪王庙后之岭脊遥看东面黄鹤峰皋亭山一带，景尤伟大。

午后小睡，起来后看唐诗解，得诗一绝，系赠姜氏者：难得多情范致能，爱才贤誉满吴兴，秋来十里松陵路，红叶丹枫树几层。

七月十七日，(六月十七日)，星期三，晴。

昨晚又有微雨，今晨仍热。写诗三首，寄东南日报，一首系步韵者：叔世天难问，危邦德竟孤，临风思猛士，借酒作清娱；白眼樽前露，青春梦里呼，中年聊落意，累赘此微躯。题名中年次陆竹天氏韵。

午后读寄园寄所寄，见卷四捻须寄诗话（五十四页）中有一条，述云间唐汝询，字仲言事，出列朝诗集；盖即我前日所买唐诗解之作者。仲言五岁即瞽，学问都由口授，而博极一时，陈眉公常称道之，谓为异人。

七月二十七日，（六月廿七），星期六，晴，热极。

近日来，天气连日热，头昏脑涨，什样事情也不能做。唯剖食井底西瓜，与午睡二三小时的两件事情，还强人意。旁晚接语堂自天目禅源寺来书，谓山上凉爽如秋，且能食肉，与夫人小孩拟住至八月底回上海，问我亦愿意去否。戏成一绝，欲寄而未果。

远得林公一纸书，为言清绝爱山居，
禅房亦有周何累，结习从知不易除。

秋霖日记

一九三五年九月，在杭州。

九月一日，（旧历八月初四），星期日，雨。

昨晚十二点后返寓，入睡已将午前二点钟，今晨六时为猫催醒，睡眠未足也。

窗外秋雨滴沥，大有摇落之感，自伤迟暮，倍增凄楚。统计本月内不得不写之稿，有文学一篇，译文一篇，现代一篇，时事新报一篇。共五家，要有十万字才应付得了，而宇宙风，论语等的投稿还不算在内。平均每日若能写五千字，二十天内就不能有一刻闲了；但一日五千字，亦谈何容易呢？

今天精神萎靡，只为时事新报写了一篇短杂文，不满千字，而人已疲倦，且看明日如何耳。

午后来客不断，共来八人之多；旁晚相约过湖滨，在天香楼吃夜饭。

九月二日，（八月初五），星期一，阴雨终日。

今天开始写作，因文学限期已到，不得不于三四日内交稿子。午前成千字，午后成千字，初日成绩如此，也还算不恶。晚上为谢六逸氏写短文一篇。

接沈从文，王余杞，李辉英，谢六逸诸人来信，当于一两日内作复。沈信系来催稿子，为大公报文艺副刊国闻周报的。

九月三日，（八月初六），星期二，阴，时有微雨。

晨八时起床，即送霞至车站，伊去沪，须一两日后返杭也。回来后，接上海丁氏信，即以快信覆之。

今日精神不好，恐不能写作，且看下半天小睡后起来何如耳。

午前记

法国 Henri Barbusse 前几日在俄国死去，享年六十二岁，患的为肺炎。西欧文坛，又少了一名斗士，寂寞的情怀，影响到了我的作业，自接此报后，黯然神伤，有半日不能执笔。

旁晚秋原来，与共谈此事，遂偕去湖上，痛饮至九点回寓。晚上仍不能安睡，蚊子多而闷热之故。

九月四日，（八月初七），星期三，阴雨潮湿。

午前硬将小说写下去，成千余字。因心中在盼望霞的回杭，所以不能坦然执笔。

中午小睡，大雨后，向晚倒晴了。夜膳前，刘湘女来谈。七时半的火车，霞回来了，曾去火车站接着。

晚上十一点上床睡，明日须赶做一天小说，总须写到五千字才得罢手。因后天上海有人来，要去应酬，若这两三天内不结束这中篇，恐赶不上交出，文学将缺少两万余字的稿子。

九月五日，（八月初八），星期四，阴，仍有雨意。

昨晚仍睡不安全，所以今天又觉得神致不清，小说写得出写不出，恐成问题，但总当勉强的写上一点。

早餐后，出去剃了一个头，又费去了我许多时间，午前终于因此而虚度了，且待下午小睡后再说。

自传也想结束了它，大约当以写至高等学校生活末期为止，《沈沦》的出世，或须顺便一提。

午前记

晚上，过湖滨，访友二三人，终日不曾执笔。夜九至十时，有防空演习，灯火暗一小时，真像是小孩儿戏，并不足观，飞机只两架而已。

九月六日，（八月初九），星期五，晴。

今日似已晴正，有秋晴的样子了，午前午后，拼命的想写，但不成一字。堆在楼下的旧书，潮损了，总算略晒了一晒。晚上刘开渠来，请去吃饭，并上大世界点了女校书的戏，玩到了十二点才回来，曾请挂第一牌的那位女校书吃了一次点心。回家睡下，已将一点钟了。

九月七日，（八月初十），星期六，晴。

昨晚又睡不安稳，似患了神经衰弱，今日勉强执笔，午前成二千字。午后学生丁女士来访，赠送八月半礼品衣料多件，我以张黑女志两拓本回赠了她。晚上在太和园吃饭，曾谈到上旅顺日本去游历的事情。此计若能实现，小说材料当不愁没有。十二时回寓就寝。

九月八日，（八月十一），星期日，晴。

午前写了千余字，午后因有客来，一字不写。这一篇中篇，成绩恐将大坏，因天热蚊子多，写的时候无一贯的余裕也。

晚上月明，十时后去湖上，饮酒一斤。

九月九日，（八月十二），星期一，晴，热极。

今日晨起风有九十度的热度，光景将大热几天。今晚又有约，丁小姐须来，午后恐又不能写作。午前写成两千余字，已约有一万字的稿子了，明天一日，当写完寄出。

晚上月明，数日来风寒内伏，今天始外发，身体倦极。

九月十日，（八月十三），星期二，晴。

写至中午，将中篇前半写了，即以快信寄出，共只万三四千字而已，实在还算不得中篇，以后当看续篇能否写出。

丁小姐去上海，中午与共饮于天香楼，两点正送她上车，回来后小睡。晚上月明如昼，在大同吃夜饭。

九月十一日，（八月十四），星期三，晴。

近日因伤风故，头痛人倦，鼻子塞住；看书写作，都无兴致，当闲游一二日，再写《出奔》，或可给施蛰存去发表。

九月十二日，（旧历中秋节），星期四，晴，午后大雨。

午前尚热至九十余度，中午忽起东北风，大雨入夜，须换穿绵袄。约开渠叶公等来吃晚饭，吃完鸡一只，肉数碗，亦可谓豪矣。今日接上海寄来之宇宙风第一期。

晚上无月，在江干访诗僧，与共饮于邻近人家，酒后成诗一首。

九月十三日，（八月十六），星期五，阴雨。

晨起寒甚，读德国小说冷酷的心，系 Hauff 作。乃叙 Swaben 之 Schwarz-wald 地方的人物性格的一篇文艺童话。有暇，很想来译它成中文。

上午上湖滨去走走，买瓯北诗话等书数册，赵瓯北在清初推崇敬业堂查慎行，而不重渔洋，自是一种见地。诗话中所引查初白近体诗句，实在可爱。

午后又不曾睡，因有客来谈。

九月十四日，（八月十七），星期六，晴。

昧爽月明，三时起床，独步至吴山顶看晓月，清气袭人，似在梦中。

中午有友人来谈，与共饮至三时；写对五副，屏条两张，坑屏一堂。

晚上洵美自上海来访，约共去黄山，谢而不去。并闻文伯适之等，亦在杭州。

九月十五日，（阴历八月十八），星期日，阴。

本与尔乔氏有去赭山看浙潮之约，天气不佳，今年当作罢矣。洵美等今日去黄山，须五日后回来也。

写上海信数封，成短文一篇，寄时事新报。

中午曼兄等自上海来，送之江干上船，我们将于四日后去富阳，为母亲拜七十生辰也。

九月十六日，（八月十九），星期一，大雨。

终日不出，在家续写那篇中篇出奔，这小说，大约须于富阳回来后才写得了。近来顿觉衰老，不努力，不能做出好作品来的原因，大半在于身体的坏。戒酒戒烟，怕是于身体有益的初阶，以后当勉行之。

晚上读时流杂志之类，颇感到没落的悲哀，以后当更振作一点，以求挽回颓势。

九月十七日，（阴历八月二十日），星期二，晴。

昨晚兴奋得很，致失眠半夜，今晨八时前起床，头还有点昏昏然。作陶亢德，朱曼华信。

中秋夜醉吟之七律一首，尚隐约记得，录出之。

中秋无月，风紧天寒，访诗僧元礼与共饮于江干醉后成诗，仍步曼兄牯岭逭暑韵。

两度乘闲访贯休，前逢春尽后中秋，偶来邃阁如泥饮，便解貂裘作质留。吴地寒风嘶朔马（僧关外人也，）

庾家明月淡南楼，东坡水调从头唱，醉笔题诗记此游。

曼兄原作乙亥中伏逭暑牯岭

人世炎威苦未休，此间萧爽已如秋，时贤几辈同忧乐，小住随缘任去留，白日寒生阴壑雨，青林云断隔山楼，勒移那计嘲尘俗，且作偷闲十日游。

二叠韵一律，亦附载于此：

海上候曼兄不至，回杭后得牯岭逭暑来诗，步原韵奉答，并约于重九日，同去富阳。

语不惊人死不休，杜陵诗只解悲秋，竭来夔府三年住，未及彭城百日留，为恋湖山伤小别，正愁风雨暗高楼，重阳好作茱萸会，花萼江边一夜游。

九月十八日，（八月廿一），星期三，晴。

晨起觉不适，因辍工独步至吴山绝顶，看流云白日。中午回寓，接上海来催稿信数封；中有蛰存一函，系属为珍本丛书题笺者，写好寄出。

晚上在湖上饮，回家时，遇王余杞于途中。即偕至寓斋，与共谈别后事，知华北又换一局面。约于明日，去同游西湖。

九月十九日，（八月廿二），星期四，晴和。

早晨写短文一，名《送王余杞去黄山》，可千字，寄东南日报。与余杞秋芳等在大同吃饭，饭后去溪口，绕杨梅岭石屋岭而至岳坟。晚上在杏花村饮。

九月二十日，（八月廿三），星期五，晴。

晨六点钟起床，因昨日与企虞市长约定，今晨八点，将借了他的二号车去富阳拜寿也。大约住富阳两日，二十二日坐轮船回杭州。

中篇的续篇，尚未动笔，心里焦急之至，而家璧及时事新报之约稿期又到了，真不知将如何的对付。

冬余日记

一九三五年十一月十九日，旧历十月廿四，星期二。在杭州的场官弄。

场官弄，大约要变成我的永住之地了，因为一所避风雨的茅庐，刚在盖屋栋；不出两月，油漆干后，是要搬进去定住的。住屋三间，书室两间，地虽则小，房屋虽则简陋到了万分，但一经自己所占有，就也觉得分外的可爱；实在东挪西借，在这一年之中，为买地买砖，买石买木，而费去的心血，真正可观。今年下半年的工作全无，一半也因为要造这屋的缘故。

现在好了，造也造得差不多了，应该付的钱，也付到了百分之七八十，大约明年三月，总可以如愿地迁入自己的屋里去居住。所最关心的，就是因造这屋而负在身上的那一笔大债。虽则利息可以不出，而偿还的期限，也可以随我，但要想还出这四千块钱的大债，却非得同巴尔札克或司考得一样，日夜的来作苦工不可。人是不喜欢平稳度日的动物，我的要造此屋，弄得自己精疲力竭，原因大约也就在此。自寻烦恼，再从烦恼里取一点点慰安，人的一生便如此地过去了。

今年杭州天气迟熟，一星期前，还是蚊蝇满屋，像秋天的样子；一阵雨过，从长江北岸吹来了几日北风，今天已经变成了冬日爱人，天高气爽的正冬的晴日；若不趁此好天气多读一点书，多写一点稿子，今年年底下怕又要闹米荒；实际上因金融的变故，米价已经涨上了两三元一石了。

预定在这几日里要写的稿子，是东方杂志一篇，旅行杂志一篇，文学一篇，宇宙风一篇，王二南先生传一篇，并达夫散文集序与编辑后记各一篇。到本月月底为止的工作，早就排得紧紧贴贴，只希望都能够如预计划般地做下去就好了。另外像良友的书，像光明书局的书，像文学社出一中篇丛书的书等，只能等下月里再来执笔，现在实在有点忙不过来了，我也还得稍稍顾全一点身体。昨晚上看书到了十点，将 Jakob Christoph Heer 的一部自传体的小说 Tobias Heider 读完，今天起来，就有点觉得头痛。身体不健，实在什么事情也做不好，我若要写我毕生的大作，也还须先从修养身体上入手。J. C. Heer 系瑞士的德文著作家，于一八五九年生于 Toessbei Winterthur，今年若还活着，他总该有七十多岁了（他的生死我也不明）；要有他那样的精力，才能从一小学教师进而为举世闻名的大文学家，我们中国人在体力上就觉得不能和西洋人来对比。

天气实在晴爽得可爱，长空里有飞机的振翼在响；近旁造房屋的地方，木工的锯物敲钉的声响，也听得清清楚楚；像这样一个和平的冬日清晨，谁又想得到北五省在谋独立，日兵在山海关整军，而各阔人又都在向外国的大银行里存他们的几万万的私款呢！

午前九时记

午前写了五百字的王二南先生传，正打算续写下去，却接到了一个电话，说友人某，夫妇在争吵，属去劝劝；因就丢下笔杆，和他们夫妇跑了半天，并在净慈寺吃晚饭。

参拜永明塔院时，并看见了舜瞿孝禅师之塔，事见净寺志卷十二第三十七页，附有毛奇龄塔铭一，师生于明天启五年，卒于清康熙三十九年，世寿七十六，僧腊五十四。同时更寻北磵禅师塔，不见；北磵禅师记事，见寺志卷八敬叟居简条，为日本建长寺开山祖常照国师之师。常照国师有年表一，为日本单式印刷株式会社所印行，附有揭曼硕塔铭。闻日人之来参拜净寺者，每欲寻北磵之塔，而寺僧只领至方丈后之元如净塔下，按元净字无象，系北宋时人，见寺志卷八，当非北磵。

十一月二十日，（十月廿五），星期三，晴爽。

终日写王二南先生传，但成绩很少，尚须努力一番，才写得了。

十一月二十四日，（阴历十月廿九），星期日，阴晴。

时有微雨，又弛懈了三四日，执笔的兴致中断了。中午去葛荫山庄吃喜酒，下午为友人事忙了半天。旁晚，时代公司有人来催稿，系坐索者，答应于明日写二千字。

玉皇山在杭州（时代）

江南的冬天（文学）

志摩全集序（宇宙风）

这三篇文字，打算于廿六以前写了它们。

二十五日，（十月三十），星期一，阴晴。

早晨写《玉皇山在杭州》一篇，成二千字，可以塞责了，明天当更写文学，宇宙风的稿子；大约廿七日可以写毕，自廿七至下月初二三，当清理一册达夫散文集出来。

二十六日，（十一月初一），星期二，晴和。

作追怀志摩一篇，系应小曼之要求而写的，写到午后因有客来搁起。

晚上在大同吃夜饭，同席者有宋女士等，又在为开渠作介绍人也。

二十七日，（十一月初二），星期三，阴。

午前将那追怀志摩的东西写好寄出，并发小曼等信。午后又继续有人来访，并为建造事不得不东西跑着，所以坐不下来；今年下半年的写作成绩，完全为这风雨茅庐的建筑弄坏了。

傍晚有人约去湖滨吃晚饭，辞不往。十时上床后，又有人来敲门，谓系叶氏，告以已入睡，便去，是一女人声。

二十八日，（十一月初三），星期四，微雨。

夜来雨，今晨仍继续在落，大约又须下几日矣。今天为我四十生日，回想起十年前此日在广州，十四五年前此日在北京，以之与今日一比，只觉得一年不如一年。人生四十无闻，是亦不足畏矣，孔子确是一位有经验的哲人。我前日有和赵龙文氏诗两首：

卜筑东门事偶然，种瓜敢咏应龙篇？
但求饭饱牛衣暖，苟活人间再十年。
昨日东周今日秦，池鱼那复辨庚辛？
门前几点冬青树，便算桃源洞里春。

倒好做我的四十言志诗看。赵氏写在扇面上赠我的诗为：

风虎云龙也偶然，欺人青史话连篇，
中原代有英雄出，各苦生民数十年。
佳酿名姝不帝秦，信陵心事总酸辛，
闲情万种安排尽，不上蓬莱上富春。

第一首乃录于右任氏之诗，而第二首为赵自己之作。

今天为杭市防空演习之第一天，路上时时断绝交通：长街化作冷巷，百姓如丧考妣。晚上灯火管制，断电数小时；而湖滨，城站各搭有草屋数间，于演习时令人烧化，真应了只许州官放火，不准百姓点灯之古谚。

终日闭门思过，不作一事，只写了一封简信给宁波作者协会，谢寄赠之刊物《大地》：封面两字，系前星期由陈伯昂来邀我题署者。

二十九日，（十一月初四），星期五，雨。

昨天过了一个寂寞的生辰，今天又不得不赶做几篇已经答应人家的劣作。北平天津济南等处，各有日本军队进占，看起来似乎不得不宣战了，但军事委员会只有了一篇告民众宣言的准备。

记得前月有一日曾从万松岭走至凤山门，成口号诗一首：

五百年间帝业微，钱唐潮不上渔矶，
兴亡自古缘人事，莫信天山乳凤飞。
自万松岭至凤山门怀古有作。

此景此情，可以移赠现在当局的诸公。家国沦亡，小民乏食，我下半年更不知将如何卒岁；引领西望，更为老母担忧，因伊风烛残年，急盼我这没出息的幼子能自成立也。

今日为防空演习之第二日，路上断绝交通如故，唯军警多了几个，大约是借此来报销演习费用的无疑。

午后因事出去，也算是为公家尽了一点力。下午刘开渠来，将午前的文章搁下，这篇《江南的冬景》（为文学）大约要于明日才得写完寄出。

晚上灯火管制，八点上床。

三十日，（十一月初五），星期六，雨。

今晨一早即醒，因昨晚入睡早也，觉头脑清晰，为续写那篇文学的散文，《江南的冬景》，写至午后写毕，成两千余字。截至今日止，所欠之文债，已约略还了一个段落，唯东方杂志与旅行杂志之征文，无法应付，只能从缺了。

昨日申报月刊又有信来，属为写一篇《山水及自然景物的欣赏》，约三四千字，要于十二月十日以前交稿，已经答应了，大约当于去上海之先写了它。

午后来客有陆竹天，郭先生等，与谈到夜。晚上黄二明氏请客，汤饼筵也，在镜湖厅；黄夫人名楚嫣，广东南海县人。

十二月一日，（阴历十一月初六），星期日。雨停，但未晴。

午前继续写王二南先生传，若能于午后写好，尚赶得及排，否则须缺一期了。

午前九时记

午后有日本人增井经夫两夫妇自上海来访，即约在座之赵龙文夫妇钱潮夫妇去天香楼吃晚饭，同时并约日本驻杭松村领事夫妇来同席；饮酒尽数斤，吃得大饱大醉。松村约我们于下星期一，去日本领事馆晚餐。

二日，（十一月初七），星期一，晴。

午前将王二南先生传写毕，前后有五千多字，当可编入新出的散文集里。午后又上吴山，独对斜阳喝了许多酒。

晚上杭州丝绸业同人约去大同喝酒，闹到了十点钟回来；明日须加紧工作，赶编散文集也。

三日，（十一月初八），星期二，晴爽。

午前将散文集稿子撕集了一下，大约有十四万字好集。当于这两三日内看了它。

午后接北新书局信，知该书局营业不佳，版税将绝矣，当谋所以抵制之方。半日不快，就为此事；今后的生计，自然成大问题。

四日，（十一月初九），星期三，阴，有雨意。

午前中止看散文稿，只写了一篇《山水及自然景物的欣赏》头半篇，大约当于明日写了也。晚上寒雨，夹有雪珠，杭市降雪珠，这是第二次了，但天气也不甚冷。

五日，（十一月初十），星期四，晴。

早晨坐八点十五分车去上海，大约须于礼拜六回来也。申报月刊的文字一篇，亲自带去。

午后二时到后，就忙了半天，将欲做的事情做了一半；大约礼拜六必能回杭州去。

六日，（十一月十一），星期五，晴。

在上海，早晨七时起床。先去买了物事，后等洵美来谈，共在陶乐春吃饭，饭后陪项美丽小姐去她的寓居，到晚才出来。上《天下》编辑部，见增嘏源宁等，同去吃晚饭。饭后上丁家，候了好久，他们没有回来，留一刺而别。回寓已将十二点钟了。

七日，（十一月十二），星期六，晴。

晨七点起床，访家璧，访鲁迅，中午在傅东华处吃午饭，午后曾访胞兄于新衙门，坐三点一十五分火车回杭州。七时半到寓。检点买来各书，并无损失，有一册英译 Marlitt 小说，名 A Brave Woman 系原著名 Die Zweite Frau 之译本。此女作家在德国亦系当时中坚分子，有空当把她的小说译一点出来。她的传记，评述之类，我是有的。天很热。

八日，（十一月十三），星期日，阴，有微雨。

午前写信数封，一致南京潘宇襄，一致上海丁氏，一致良友赵家璧。

午后有客来，应酬无片刻暇。晚上冒雨去旗下，结束两件小事；自明日起，又须一意写东西了。

闽游日记

一九三六年二月，在福州。

二月二日，星期日，大约系旧历正月初十，天气晴爽；侵晨六时起床，因昨晚和霞意见不合，通宵未睡也。事件的经过是如此的，前月十五日——已逼近废历年底了——福州陈主席公治来函相招，谓若有闽游之意，无任欢迎。但当时因罗秘书贡华戴先生及钱主任大钧（慕尹）等随委员长来杭，与周旋谈饮，无一日空，所以暂时把此事搁起。至年底，委员长返京，始匆匆作一陈公覆函，约于过旧历年后南行；可以多看一点山水，多做一点文章。旧历新年，习俗难除，一日捱一日的过去，竟到了前晚；因约定的稿子，都为酬应所误，交不出去，所以霞急劝我行，并欲亲送至上海押我上船；我则夷犹未决，并也不主张霞之送我，因世乱年荒，能多省一钱，当以省一钱为得。为此两人意见冲突，你一言，我一语，闹吵竟到了天亮。

既经起了早，又觉得夫妇口角，不宜久持过去，所以到了八点钟就动身跳上了沪杭火车；霞送我上车时，两人气还没有平复。直到午后一点多钟在上海赶上了三北公司的靖安轮船，驶出吴淞口，改向了南行之后，方生后悔，觉得不该和她多闹这一番的。

晚上风平浪静，海上月华流照；上甲板去独步的时候，又殷殷想起了家，想起了十余小时不见的她。

二月三日，星期一，晴和如旧历二三月，已经是南国的春天了。海上风平，一似长江无波浪时的行程；食量大增，且因遇见了同舱同乡的张君铭（号涤如，系乡前辈暄初先生之子），谈得起劲，把船行的迟步都忘记在脑后。晚上月更明，风更小，旅心更觉宽慰。

二月四日，星期二，晴暖。船本应于今晨九时到南台，但因机件出事，这一次走得特别的慢，到了午后一点，方停泊于马尾江中；这时潮落，西北风又紧，南台不能去了，不得已，只好在马江下船。幸张君为雇汽船，叫汽车，跑到晚上五点多钟，方在南台青年会的这间面对闽江的四层高楼上住定。去大厅吃了晚饭，在喷浴管下洗了一个澡，就去打电报，告诉霞已到福州，路上平安，现住在此间楼上。

十一点过，从小睡后醒转，想东想西，觉得怎么也睡不着。一面在窗外的洛阳桥——不知是否——上，龙灯鼓乐，也打来打去地打得很起劲；而溪声如瀑，月色如银，前途的命运如今天午后上岸时浪里的汽油船，大约总也是使我难以入睡的几重原因。重挑灯起来记日记，写信，预算明日的行动，现在已经到了午前三点钟了。上灯节前夜的月亮，也渐渐躲入了云层，长桥上汽车声响，野狗还在狂吠。

再入睡似乎有点不可能的样子，索性把明天——不对不对，应该说是今天——的行动节目开一开罢！

早上应该把两天来的报看一看。

十点左右，去省政府看陈主席。

买洗面盆，肥皂盒，漱口碗，纸笔砚瓦墨以及皇历一本。

打听几个同学和熟人在福州的住址，译德国汤梦斯曼的短篇小说三张；这些事情，若一点儿也不遗忘地做得了，那今天的一天，就算不白活。还有一封给霞的航空快信，可也须不忘记发出才好。

二月五日，星期三，（该是旧历的正月十三上灯节了），阴晴不见天日，听老住福州的人说，这种天气，似乎在福州很多，这两月来，晴天就只有昨天的一日。

昨晚至午前四时方合了一合眼，今天七点半起床。上面所开的节目，差不多件件做了；唯陈主席处因有外宾在谈天，所以没有进见，约好于明日午前九时再去跑一趟。

买了些关于福州及福建的地图册籍，地势明白了一点；昨天所记的洛阳桥，实系万寿桥，俗称大桥者是；过此桥而南，为仓前山，系有产者及外人住宅区域，英领署在乐群楼山，美日法领署在大湖，都聚在这一块仓前山上，地方倒也清洁得很。

午后，同学郑心南来电话，约于六时来访，同去吃饭，当能打听到许多消息。

今晚拟早睡，预备明天一早起来。

二月六日，星期四，（旧历正月十四），晴和。

昨晚同学郑心南厅长约在宣政路（双门前）聚春园吃饭，竟喝醉了酒；因数日来没有和绍酒接近，一见便起贪心的缘故。

夜来寒雨，晨起晴，爽朗的感觉，沁入肺腑，但双鼻紧塞，似已于昨晚醉后伤了风；以后拟戒去例酒，好把头脑保得清醒一点。

九时晋见主席陈公，畅谈移时，言下并欲以经济设计事相托，谓将委为省府参议，月薪三百元，我其为蛮府参军乎？出省府后，去闽侯县谒同学陈世鸿，坐至中午，辞出。在大街上买紫桃轩杂缀一部，词苑丛谈之连史纸印者一部，都系因版子清晰可爱，重买之书。

午膳后登石山绝顶，俯瞰福州全市，及洪塘近处的水流山势，觉得福建省会，山水也着实不恶，比杭州似更伟大一点。

今天因为本埠福建民报上，有了我到闽的记载；半日之中，不识之客，共来了三十九人之多。自午后三点钟起，接见来客，到夜半十二时止，连洗脸洗澡的工夫都没有。

发霞的快信，告以陈公欲留我在闽久居之意。

二月七日，星期五，（正月半，元宵），阴雨。

昨天晴了一天，今天又下雨了。午前接委任状，即去省府到差，总算是正式做了福建省政府的参议了；不知以后的行止究竟如何。作霞的平信一，告以一月后的经济支配。自省府出来，更在府西的一条长街上走了半天，看了几家旧书铺，买了四十元左右的书。所买书中，以一部百名家诗钞，及一部知新录（勿剪王棠氏编）为最得意。走过宫巷，见毗连的大宅，都是钟鸣鼎食之家，像林文忠公的林氏，郑氏，刘氏，沈葆桢家的沈氏，都住在这里，两旁进士之匾额，多如市上招牌，大约也是风水好的缘故。

中午，遇自教育部派来，已在两湖两广视察过的部评议专员杨金甫氏。老友之相遇，往往在不意之处，亦奇事也。

旁晚在百合浴温泉，即在那里吃晚饭；饭后上街去走到了南门；因是元宵，福州的闺阁佳丽，都出来了，眼福倒也不浅。不在中，杜承荣及南方日报编者闵佛九两氏曾来访我，明日当去回看他们。

二月八日，星期六，（旧历正月十六），阴晴，时有微雨。

午前九时出去，回看了许多人，买书又三四十元；中有明代闽中十子诗钞一部，倒是好著。

中午在西湖吃饭。福州西湖，规模虽小，但疏散之致，亦楚楚可怜，缺点在西北面各小山上的没有森林，改日当向建设厅去说说。

下午接李书农氏自泉州来电，约我去泉州及厦门等处一游，作覆信一。

晚上在教育厅的科学馆吃晚饭，饮到微醉，复去看福州戏。回寓已将十二点钟，醉还未醒。

二月九日，（旧历正月十七），星期日，时有微雨。

与郑心南陈世鸿杨振声刘参议等游鼓山，喝水洞一带风景的确不坏，以后有暇，当去山上住它几天。

早晨十时出发，在涌泉寺吃午饭，晚上回城，已将五点，晚饭是刘参议作的东。

明日当在家候陈君送钱来；因带来的路费，买书买尽了，不借这一笔款，恐将维持不到家里汇钱来的日子。

二月十日，（正月十八），星期一，阴晴。

午前起床后，即至南后街，买赏雨茅屋诗集一部并外集一册；曾宾谷虽非大作手，然而出口风雅，时有好句。与邵武张亨甫的一段勃溪，实在是张的气量太小，致演成妇女子似的反目，非宾老之罪。此外的书，有闽县林颖叔黄鹄山人诗钞，郭柏苍闽产录异，雁门集编注等，都比上海为廉。

十时返寓，接见此间日人所办汉文闽报社长松永荣氏，谓中村总领事亦欲和我一谈，问明日晚间亦有空否。告以明晚已有先约，就决定于后日晚上相看，作介者且让老同学闽侯县长陈世鸿氏效其劳，叙饮处在聚春园。

中午饮于南台之嘉宾酒楼，此处中西餐均佳，系省城一有名饮食店；左右都是妓楼，情形与上海四马路三马路之类的地方相像。大嚼至四时散席，东道主英华学校陈主任，并约于明日在仓前山南华女子文理学院及鹤龄英华学校参观，参观后当由英华学校校长陈芝美氏设宴招饮。

访陈世鸿氏于闽侯县署，略谈日领约一会晤事，五时顷返寓。

晚上由青年会王总干事招待，仍在嘉宾饮。

二月十一日，（正月十九），星期二，阴晴。

昨晚睡后，尚有人来，谈至十二点方去；几日来睡眠不足，会客多至百人以上，头脑昏倦，身体也觉得有点支持不住。

侵晨早起，即去南后街看旧书，又买了一部董天工典斋氏编之武夷山志，一部郭柏苍氏之竹间十日话，同氏著中老提起之竹窗夜话，不可得也。

回至寓中，陈云章主任已在鹄候；就一同上仓前山，先由王校长导看华南文理学院，清洁完美，颇具有闺秀学校之特处。复由陈校长导看英华中学，亦整齐洁净，而尤以生物标本福建鸟类之收集为巨观。中午在陈校长家午膳，席间见魏女士及其令尊，也系住在仓前山上者。

午后去参观省立第四小学，小学儿童国语讲演竞赛会，及惠儿院；走马看花，都觉得很满足，不过一时接受了许多印象，脑子里有点觉得食伤。

晚上在田墩杨文畴氏家吃晚饭，系万国联青会之例会，属于饭后作一次讲演者，畅谈至十一点始返寓；在席上曾遇见沈绍安兰记漆器店主沈幼兰氏，城南医院院长林伯辉氏及电气公司的曾氏等。

今日始接杭州霞寄来之航空信一件，谓前此曾有挂号汇款信寄出，大约明晨可到也。

二月十二日，（旧历正月二十），星期三，阴晴。

午前八时起床，昨晚杨振声氏已起行，以后当可静下来做点事情了。

洗漱后，即整理书籍，预备把良友的那册闲书在月底之前编好；更为开明写一近万字之小说，宇宙风写短文两则，共七千字。

接霞七日所发之挂号信及附件，比九日所发之航空信还迟到了一日。将雨日日记补记完后，即开始作覆书，计邵洵美氏陶亢德氏赵家璧氏，各发快信一，寄霞航空信一，各信都于十二点前寄出。午后复去南后街一带闲步，想买一部类腋来翻翻，但找不出善本。

晚上在聚春园饮，席上遇见日总领事中村丰一氏，驻闽陆军武官真方勋氏，及大阪商船会社福州分社长竹下二七氏及林天民氏郑贞文氏等，饮至大醉。又上闽报社长松永荣氏家喝了许多啤酒，回寓时在十二点后了。

二月十三日，（旧历正月廿一），星期四，晴爽。

昨晚接洵美来电，坚属担任论语编辑，并约于二十日前写一篇编者言寄去，当作航空覆信一答应了他。十时前去福建学院，参观乌山图书馆，借到福建通志一部。中午去洪山桥，在义心楼午膳。饭后复坐小舟，去洪塘乡之金山塔下，此段闽江风景好极，大有富春江上游之概。又途中过淮安乡，江边有三老祖庙，山头风景亦佳，淮安鸡犬，都是神仙，可以移赠给此处之畜类也。游至旁晚，由洪山桥改乘汽油船至大桥，在青年会饭厅吃晚饭。入睡前，翻阅闽中物产志之类的书，十二时上床。

二月十四日，（正月廿二），星期五，阴，微雨。

午前有人来访，与谈到十点多钟，发雨农戴先生书，谢伊又送贵妃酒来也。

陈世鸿氏约于今晚再去鼓山一宿，已答应同去，大约非于明天早晨下山不可，因明天午后三时，须在青年会演讲之故。

午后欲作编者言一篇以航空信寄出，但因中午有人来约吃饭，不果；大约要于明日晚上写了。

二月十五日，（正月廿三），星期六，晴和如春三月。

昨晚乘山舆上鼓山，回视城中灯火历历，颇作遥思，因成俚语数句以记此游：我住大桥头，窗对涌泉寺，日夕望遥峰，苦乏双飞翅，夜兴发游山，乃遂清栖志，暗雨湿衣襟，攀登足奇致，白云拂面寒，海风松下恣，灯火记来程，回头看再四，久矣厌尘嚣，良宵欣静阒，借宿赞公房，一洗劳生悴。（夜偕陈世鸿氏松永氏宿鼓山）

今晨三时即起床，洗涤尘怀，拈香拜佛，一种清空之气，荡旋肺腑。八时下山，又坐昨晚驾来之汽车返寓，因下午尚有一次讲演之约，不得不舍去此清静佛地也。

到寓后，来访者络绎不绝，大约有三十余人之多；饭后欲小睡，亦不可能。至三时，去影戏场讲演中国新文学的展望；来听的男女，约有千余人，挤得讲堂上水泄不通。讲完一小时，下台后，来求写字签名者，又有廿四五人，应付至晚上始毕。晚饭后，又有电政局的江苏糜文开先生来谈，坐至十一点前始去。

今天一天，忙得应接不暇，十二点上床，疲累得像一堆棉花，动弹不得了。

二月十六，（正月廿四），星期日，晴暖。

七时顷，就有青青文艺社社员陈君来访，系三山中学之学生，与谈至十时。出去看小月于印花税局，乃洵美之胞弟，在此供职者；坐至十一时，去应友人之招宴。买闽诗录一部，钱塘张景祁之揅雅堂诗一部；张为杭州人，游宦闽中，似即在此间住下者，当系光绪二十年前后之人。

饭后返寓，正欲坐下来写信，作稿子，又有人来谈了，不得已只能陪坐到晚上。

晚饭在可然亭吃的，作东者系福建学院院长黄朴心氏。黄为广西人，法国留学生，不知是否二明的同族者。

二月十七日，（正月廿五），星期一，晴热。

晨起又有三山中学之青年三人来访，为写条幅两张，横额一块。

中午复去城内吃饭，下午作霞信，厦门青年会信，及日本改造社定书信。

二月十八日，（正月廿六），星期二，微雨时晴。

上午在看所买的福州志之类，忽有友人来访，并约去同看须贺武官；坐至十二点钟，同松永氏上日本馆子常盘吃午饭。酒喝醉了，出言不慎，直斥日本人侵略的不该，似于国际礼貌上不合，以后当戒绝饮酒。

旁晚，小月来约去小有天吃晚饭，饭后走至十点左右回寓。正欲从事洗涤，晋江地方法院院长同乡书农李氏忽来谒，与谈至十二点始去。

二月十九日，（正月廿七日），星期三，阴闷。

今天精神不爽，头昏腰痛，午前来客不断，十二点五十五分去广播电台播音。晚上接杭州来的航空信平信共三封，一一作答，当于明天一早，以航空信寄出。为论语写的一篇编辑者言，也于今天写好，明日当一同寄出。

最奇怪的一封信，是一位河南开封的两河中学生所发者，他名胡佑身，和我素不认识，但这次却突然来了一封很诚恳的信，说买了一条航空奖券，中了三奖，想将奖金千元无条件地赠送给我。

以后的工作愈忙了，等明晨侵早起来，头脑清醒一点之后，好好儿排一张次序单下来，依次做去。虽然我也在害怕，怕以后永也没有恢复从前的勇气的一日了。

二月二十日，（正月廿八日），星期四，阴雨，东南风大。

晨七时起床，急赶至邮政总局寄航空信；天色如此，今天想一定不能送出，沪粤线飞机，多半是不能开。福州交通不便，因此政治，文化，以及社会情形，都与中原隔膜，陆路去延平之公路不开，福州恐无进步的希望。

老同学刘爱其，现任福州电气公司及附属铁工厂之经理；昨日旁晚，匆匆来一谒，约于今日去参观电厂。十时左右，沈秘书颂九来谈及发行刊物事，正谈至半中而刘经理来，遂约与俱去，参观了一周。

午后过后街，将那一篇播音稿送去；买武英殿聚珍版丛书中之拙轩集，彭城集，金渊集，宋朝实事各一部；书品不佳，但价却极廉。比之前日所买之晋江丁雁水集周亮工赖古堂诗集，只一半价钱也。

晚上抄福清魏惟度选之《百名家诗选》的人名目

录，虽说百家，实只九十一家，想系当时之误。而选者以己诗列入末尾，亦似未妥，此事朱竹坨曾加以指摘。

二月二十一日，（正月廿九日），星期五，阴雨。

半夜后，窗外面鞭炮声不绝，因而睡不安稳。六时起床，问听差者以究竟，谓系廿九节，船户家须祝贺致祭，故放鞭炮。船户之守护神，当为天后圣母林氏，今天大约总是她诞生或升天的日子。（问识者，知为敬老节，似系缘于目莲救母的故事者。）

午前九时，与沈秘书有约，当去将出刊物的计划，具体决定一下。十一时二十分，又有约去英华中学演讲，讲题文艺大众化与乡土文艺。中午在大新楼午膳，回来接儿子飞的信，及上海邵洵美，杭州曹秉哲来信。

晚上招饮者有四处，先至飞机场乐天温泉，后至聚春园，再至河上酒家，又吃了两处。明日上午九时主席约去一谈，十时李育英先生约在汤门外福龙温泉洗澡。作霞信一，以平信寄出。

二月二十二日，（正月三十日），星期六，阴，时有阵雨。

昨晚入睡已迟，今晨主席有电话来召见，系询以编纂出版等事务者，大约一两月准备完毕后，当可实际施行。施行后，须日去省府办公，不能像现在那么的闲空了。

中午在河上酒家应民厅李君的招宴，晚上丁诚言君招在伊岳家（朱紫坊之五）吃晚饭；丁君世家子也，为名士陈韫山先生之爱婿，亦在民政厅办事。发霞信一。

二月二十三日，（阴历二月初一日），星期日，阴雨，微雨时作。

午前发霞信一，因昨晚又接来信也。欠的信债文债很多，真不知将于何日还得了。计在最近期间，当为宇宙风，论语，及开明书店三处写一万四五千字；开明限期在月底，宇宙风限期在后日，（只能以航空信寄去），论语亦须于月底前写一篇短稿寄去。三月五日前，还有一篇文学的散文（南国的浓春），要寄出才行；良友的书一册，及自传全稿，须迟至下月方能动手了。

于去乌石山图书馆友社去讲演并吃中饭之先，以高速度写了赵龙文氏，陆竹天氏，曹叔明氏信三封；以后还须赶写者，为葛湛候氏，周企虞氏，徐博士（南京军委会），曼兄，以及朱惠清氏等的信。大约明后日于写稿之余，可以顺便写出。

二月二十四日，（阴历二月初二日），星期一，晴爽，有东南风。

晨七时起床，有南方日报社闵君来访，蒙自今日起，赠以日报一份；后复有许多青年来，应接不暇，便以快刀切乱麻方法，毅然出去。先至西门，闲走了一回，却走到了长庆禅寺，即荔子产地西禅寺也。寺东边有一寄园，中有二层楼别墅一所，名明远阁，不知是否寺产。

更从西禅寺走至乌石山下，到乌石山前的一处有奇岩直立的庙里看了一回；人疲极，回来洗澡小睡，醒后已将六点。颇欲写信，但人实在懒不过，记此一段日记，就打算入睡矣。

周亮工著之闽小记，颇思一读，但买不到也借不到；前在广州，曾置有周栎园全集，后于回上海时丢了，回想起来，真觉得可惜。

阳历三月一日，为阴历二月初八，亲戚赵梅生家有喜事，当打一贺电；生怕忘记，特在此记下一笔。

本星期四，须去华南文理学院讲演；星期日，在南方日报社为青年学术研究社讲演，下星期一上午十一至十二时，去福建学院讲演。

二月廿五日，（阴历二月初三），星期二，大雨终日。

午前七时起床，写了两分履历，打算去省府报到去的正欲出发，又有人来谈，只能陪坐至十二点钟。客去后，写霞信一，曼兄信一。宇宙风及论语稿一，当于明日写好它们，后日以航空信寄出。（论语稿题为做官与做人想写一篇自白。）

开明之稿万字，在月底以前，不知亦能写了否。今天晚上有民政厅陈祖光，黄祖汉两位请客，在可然亭，想又要喝醉了回来；应酬太多太烦，实在是一件苦事。

二月廿六日，（阴历二月初四），星期三，阴雨。

因欲避去来访者之烦，早晨一早出去，上城隍庙去看了一回。庙前有榕树一株，中开长孔，民众筑庙祀之，匾额有廿七，廿八，廿九，三十得色，或连得两色之句，不知是否系摇会之类。庙后东北面，奎光阁地点极佳，惜已塌圮了。还有福州法事，门前老列男堂女室两处，旁有沐浴，庖厨等小室的标明，亦系异俗。城隍庙东面之太岁殿上，见有男女工人在进香，庙祝以黄纸符咒出售，男女两人各焚化以绕头部，大约系免除灾悔的意思。

下午来访者不绝，卒于五时前偕闽报馆长松永氏去常盘小饮，至九时回寓。

二月廿七日，（二月初五日），星期四，阴晴。

连得霞来信两封，即作覆，告以缓来福州。中午去城内吃饭。

下午五时，在仓前山华南文理学院讲演；亦有关于日本这次政变的谈话。晚上顾君偕中央银行经理等来访。

二月二十八日，（阴历二月初六），星期五，阴雨。

午前在家，复接见了几班来客，更为写字题诗五幅。接到自杭州寄来之包裹，即作覆信一。中午去井楼门街傅宅吃饭。

中饭后，又去百合温泉洗澡，坐至旁晚五时始回寓，一日的光阴，又如此地白化了。

晚上，独坐无聊，更作霞信，对她的思慕，如在初恋时期，真也不知是什么原因。

二月二十九日，（二月初七），星期六，阴晴。

午前又有来客，客去后，写闽游滴沥，至午后二时，成三千余字，即以航空信寄宇宙风社。寄信回来，又为论语写了两则高楼小说，一说做官，二说日本青年军人的发魇。大约以后，每月要写四篇文章，两篇为论语，两篇为宇宙风也。

晚上陪王儒堂氏吃饭，至十时余始散，来客中有各国领事及福州资产阶级的代表者若干人。饭毕后，顾弗臣氏来，再约去喝酒，在西宴台；共喝酒一斤，陶然醉矣，十二时回寓。

三月一日，（二月初八），星期日，晴。

昨晚入睡，已将午前两点，今晨七时即起床，睡眠不足，人亦疲倦极矣。十时去友声剧场讲演，听众千余人；十二点去乐天泉洗澡，应南方日报吴社长之招宴。饭前饭后，为写立轴无数，更即席写了两首诗送报界同人。一首为“大醉三千日，微吟又十年，只愁亡国后，营墓更无田”。一首为“闽中风雅赖扶持，气节应为弱者师，万一国亡家破后，对花洒泪岂成诗”。

三时前，乘车去冒溪游；地在协和大学东南，风景果然清幽，比之杭州的九溪十八涧更大一点。闻常有协和学生，来此处卧游沐浴，倒是一个消夏的上策。

三月二日，（二月初九），星期一，阴雨。

几日来寒冷得很，晨八时起床后，即写霞信一封，打算于午后以快信寄出它。十时左右，在福建学院讲演，遇萨镇兵上将及陈韫山先生等，十一时半，去省府。

中午在闽侯县署陈县长处吃饭，至二时始返寓。即将信寄出，大约五日后可到杭州。

晚上有厦门报馆团来，由永安堂驻闽经理胡兆陶祥皆先生招待，邀为作陪，谈至十时，在闽报社参观报馆内部，更为各记者题字十余幅。

三月三日，（阴历二月初十），星期二，寒雨终日，且有雪珠。

晨起即去南后街买书十余元，内有小腆记传一部，内自讼斋文集残本一部，倒是好书。中午去科学馆，约于明晚应馆长黄开绳君招宴。

午后又上省府，晤斯专员夔卿，即与诀别，约于半月后去厦门时相访于同安。

晚上赴顾弗臣氏招宴，菜为有名之中州菜，而味极佳而菜极丰厚；醉饱之余，为写对及单条十余幅。

三月四日，（二月十一），星期三，微雨，但有晴意。

晨七时半起床，当写一天的信，以了结所欠之账，晚上还须上东街去吃晚饭也。

三月五日，（二月十二日），星期四，晴。

昨晚在东街喝得微醉回来，接到了一封霞的航空信，说她马上来福州了；即去打了一个电报，止住她来。因这事半夜不睡，犹如出发之前的一夜也。今晨早起，更为此事而不快了半天；本想去省府办一点事，但终不果，就因她的要来，而变成消极，打算马上辞职，仍回杭州去。

下午约了许多友人来谈，陪他们吃茶点，用去了五六元；盖欲借此外来的热闹，以驱散胸中的郁愤之故。

旁晚四时，上日本人俱乐部和松井石根大将谈话，晚上又吃了两处的酒，一处是可然亭，一处是南轩葵园。

三月六日，（二月十三），星期五，晴。

上午进城，买了一部伊墨卿的留春草堂诗钞，一部陈余山的继雅堂诗集；两部都系少见之书，而价并不贵。

午后洗澡，想想不乐，又去打了一个电报，止住霞来。晚上和萨上将镇冰等联名请松井石根大将吃晚饭，饮至十时始返寓；霞的回电已到，说不来了；如释重负，快活之至，就喝了一大碗老酒。明日打算把那篇《南国的浓春》写好寄出。

三月七日，（二月十四），星期六，晴爽。

今日本打算写《南国的浓春》的，因有人来，一天便尔过去。并且也破了小财，自前天到今天，为霞的即欲来闽一信，平空损失了五十多元；女子太能干，有时也会成祸水。发霞信一。

晚上十时上床，到福州后，从没有如此早睡过。明天又有电气公司刘经理及吉团长章简的两处应酬，自中午十二时至晚上十时的时间，又将在应酬上费去。与吉团长合请者，更有李国曲队长沈镜（叔平）行长的两位，都系初见之友，雨农先生为介绍者，改日当回请他们一次。

三月八日，（二月十五），星期日，晴和。

早晨九时顷，正欲出游，中行吴行长忽来约同去看百里蒋氏；十余年不见，而蒋氏之本貌如旧。

中午在仓前山刘爱其家吃饭，席上遇佘处长等七八人。佘及李进德局长，李水巡队长等还约于下星期日，去游青定寺。

晚上去聚春园赴宴，遇周总参议，林委员知渊，刘运使，张参谋长，叶参谋长，并新任李厦门市长等。饮至半酣，复与刘运使返至爱其家，又陪百里喝到了半夜；有点醺醺然了，踏淡月而回南台。

三月九日，（二月十六），星期一，晴和。

午前十时去西湖财政人员训练班讲演，十一时返至南台，送百里上靖安轮。昨晚遇见诸人，也都在舱里的餐厅上相送。蒋氏将去欧洲半年，大约此地一别，又须数年后相见了，至船开后始返寓。

作霞信，告以双庆事已托出，马上令其来闽等候。

晚上在赵医生家吃晚饭，又醉了酒。

三月十日，（二月十七日），星期二，大雨。

昨晚雨，今日未晴，晨六时即醒，睡不着了，起来看书。正欲执笔写文章，却又来了访问者，只能以出去为退兵之计，就冒雨到了省府。

看报半天，约旧同学林湘臣来谈，至十二时返寓。文思一被打断，第二次是续不上去的，所以今天的一天，就此完了，只看了几页公是弟子记而已。

晚上在中洲顾氏家吃饭，饭后就回来。中行吴行长问有新消息否？答以我也浑浑然也。

三月十一日，（二月十八），星期三，阴雨终日。

晨起，为论语写稿千余字，系连续之《高楼小说》三段；截至今日止，已写两次，成五段了，下期当于月底以前寄出它。稿写了后，冒大风雨去以航空快信寄出，归途又买了一部江宁汪士铎的梅村诗文集，一部南海谭玉生的乐志堂诗文略，都是好书。午后有人来，一事不做。

三月十二日，（二月十九），星期四，晴，热极，似五月天。

早晨三点醒来，作霞的信；自六日接来电后，已有六日不曾接她的信了，心颇焦急，不知有无异变。记得花朝夜醉饮回来，曾吟成廿八字，欲寄而未果："离家三日是元宵，灯火高楼夜寂寥，转眼榕城春渐老，子规声里又花朝"，北望中原，真有不如归去之想。

今日为总理逝世纪念日，公署会所，全体放假；晨起就有人来访，为写对联条幅无数。午后去于山戚公祠饮茶，汗流浃背。晚上运使刘树梅来谈，先从书版谈起，后及天下大事，国计民生，畅谈至午前三时。

三月十三日，（二月二十），星旗五，阴，大雨终日。

昨日热至七十几度，今日又冷至四十度上下，福州天气真怪极了。因午后有上海船开，午前赶写《闽游滴沥之二》一篇，计三千五百字，于中午寄出，只写到了鼓山的一半。

闽报社长松永有电话来，谓于今日去台湾，十日后返闽，约共去看林知渊委员。

下午又有人来看，到晚上为止，不能做一事。只打了一个贺电给富阳朱一山先生，写送陈些蠢祖母之挽轴一条。

晚上又作霞信，连晚以快信发出，因明日有上海船开，迟则恐来不及。此地发信，等于逃难，迟一刻就有生命关系，胡厅长若来，当催将自福州至延平之公路筑成，以利交通，以开风气。

三月十四日，（二月廿一），星期六，晴爽。

午前一早就有人来，谈至十时半，去广播电台播音，讲防空与自卫的话。十二点去省府，下午回至寓居，接霞来信三封，颇悔前昨两天的空着急。旁晚又接来电，大约双庆两日可到南台。

晚上刘云阶氏家有宴会，去说了几句话，十一时返寓。

三月十五日，（二月廿二），星期日，晴和。

晨起接见了一位来客后，即仓皇出去，想避掉应接之烦也。先坐车至汤门，出城步行至东门外东岳庙前，在庙中游览半日，复登东首马鞍山，看了些附近的形势风景。乡下真可爱，尤其是在这种风和日暖的春天。桃李都剩空枝，转瞬是首夏的野景了，若能在这些附廓的乡间，安稳隐居半世，岂非美事？

下午回寓，写了半天的信，计发上海丁氏，杭州周象贤氏，尹贞淮氏，及家信一。晚上在同乡葛君家吃晚饭，十一时回寓。

昨日曾发霞航空快信，今日谅可到杭。

三月十六日，（二月廿三），星期一，午前阴，旁午下雨起。

晨六时起床，写答本地学生来信五封。十时接电话，约于本星期五下午二时去协和大学讲演。

中午至省府，为双庆事提条子一，大约明天可有回音。午后双庆自杭州来，当于明日去为问省银行事。

晚上早睡，因明日须早起也。

买清诗话一部，屺云楼诗文集各一部。

三月十七，（二月廿四），星期二，阴雨。

晨六时起床，九时至省府探听为双庆荐入省银行事，大约明日可以发表，当即送伊去进宿舍。

下午买了一部东越文苑传，系明陈汝翔作。发霞信。

晚上应陈世鸿，银行团，李秘书等三处宴会，幸借得了刘爱其之汽车，得不误时间，饮至十一点回寓。

三月十八日，（二月廿五），星期三，雨。

晨起，宿醉未醒；九时去省银行看寿行长，托以双庆事，下午将去一考，大约总能取入。中午发霞信，告以双庆已入省银行为助理员，月薪十五元，膳宿费十二元一月，合计可得二十七元。旁晚又发霞航空信，告以求保人填保单事。

晚上微醉，十时入睡。

三月十九日，（二月廿六），星期四，阴晴。

午前送双庆至银行后，即去南门旧货店买明北海冯琦抄编之经济类编一部；书有一百卷，我只买到了五十四卷，系初印的版子。回寓后，沈祖牟君来访；沈君为文肃公直系长孙，善写诗，曾在光华大学毕业，故友志摩之入室弟子也，与谈至中午分手别去。

午后张涤如君约去喝绍兴酒，晚上当在嘉宾吃晚饭。双庆于今日入省银行宿舍。发霞信，告以一切。

三月二十日，（二月廿七），星期五，阴晴。

午前头尚昏昏然，晨起入城，访武昌大学时学生现任三都中学校长陈君毓麟于大同旅舍；过中华书局，买宋四灵诗选一册。至省立图书馆，看说铃中之周亮工闽小记两卷，琐碎无取材处；只记一洞，及末尾之诗话数条，还值得一抄。

午后，协和大学朱君来约去讲演；完后，在陈教务长家吃晚饭，协和固别一天地，求学原很适宜也。晚上坐协大汽车回来，又上福龙泉及嘉宾去吃了两次饭。

三月二十一日，（二月廿八），星期六，阴，微雨时行。

午前写信六封，计霞一，邵洵美一，上海杂志公司一，赵家璧一，同乡金某一，养吾兄处一。午后洗了一个澡，晚上在日本菜馆常盘吃饭。从常盘出来，又去跑了两个地方，回寓后为陈君题画集序文一，上床时已过十二点了。

三月廿二日，（二月廿九），星期日，晴。

午前七时起床，顾君苐臣即约去伊家写字，写至十二点过。上刘爱其氏寓吃午饭，作东者为刘氏及陈厅长子博；饭后返寓，又有人来访，即与共出至城内，辞一饭局。晚上在新铭轮应招商局王主任及船长杨馨氏招宴，大醉回来，上床已过十二点钟了。

三月廿三日，（阴历三月初一），星期一，晴。

晨起，宿醉未醒，还去职业学校讲演了一次。至中午在一家外江饭馆吃饭后，方觉清醒。饭后上三赛乐戏班看王昭君闽剧。主演者为闽中名旦林芝芳，福州之梅博士也，嘴大微突，唱时不作假声，系全放之雄音，乐器亦以笛伴奏，胡琴音很低，调子似梨花大鼓。作成十四字，“难得芝兰同气味，好从乌鸟辨雄雌。”观众以女性为多，大约福州闺秀唯一娱乐处，就系几个剧场。

旁晚从戏院出来，买峨眉山志一部，佛教书简甲集一册；晚上在中洲顾家吃饭，作霞信一，十时上床。

三月二十四日，（三月初二），星期二，阴晴。

午前送财政部视察陈国梁氏上新铭轮，为介绍船长杨氏，寄霞之信，即投入船上邮筒内。

午后，学生陈君来访，约于明晚去吃晚饭。打算明天在家住一日，赶写上海的稿子。旁晚杜氏夫妇来，与同吃晚饭后别去。

接霞平信一，系二十日所发者；谢六逸来信一，系催稿兼告以日人评我此次来闽的动机之类，中附载有该项评论之日本报一张。

三月廿五日，（三月初三），星期三，阴晴。

晨七时起床，为立报写一短稿，名《记闽中的风雅》，可千三百字。午后为论语写高楼小说两则，晚上又有人请吃饭，洗澡后，十时上床。

三月廿六日，（三月初四），星期四，晴。

晨七时起床，写霞信一，即赶至邮局，以航空快信寄出，论语稿亦同寄。午后三时，至军人监狱训话，施舍肉馒头二百四十个，为在监者作点心。晚上闽省银行全体人员，诉说双庆坏处；气极，又写给霞平信一封。

三月廿七日，（阴历三月初五），星期五，晴。

晨七时起床，欲写宇宙风稿，因来客络绎不绝，中止；全球通信社社长全克谦君，来谈闽省现状，颇感兴味。大约无战事发生，则福建在两年后，可臻大治。

午后去省府，又上图书馆查叶观国绿筠书屋诗钞及孟超然瓶庵居士诗钞，都不见。只看到了上海日文报所译载之我在福州青年会讲过的演稿一道。译者名菊池生，系当日在场听众之一，比中国记者所记，更为详尽而得要领。

接霞来信三封，洵美信一封，赵家璧信一封。晚上在南台看闽剧济公传。十二时上床。

三月廿八日，（三月初六），星期六，晴暖。

午前又有客来，但勉强执笔，写闽游滴沥之三，成二千字。中午入城去吃中饭，系应友人之招者，席间遇前在北大时之同学数人；学生已成中坚人物，我自应颓然老矣。饭后过商务印书馆，买陈石遗选刻之近代诗钞一部。闽之王女士真，石遗老人，于荔子香时，每年必返福州；今年若来可与共游数日，王女士为石遗得意女弟子，老人年谱后半部，即系王所编撰。

午后回寓，复赶写前稿，成一千五百字；旁晚写成，即跑至邮局，以航空快信寄出。

昨日连接霞三信，今日又接一封，作覆。

晚上有饭局两处，一在可庐辛泰银行长车梅庭家，一在可然亭。

三月二十九日，（三月初七），星期日，晴暖。

连晴数日，气候渐渐暖矣。午前写字半日，十一点钟会小月于靖安轮上，伊将归上海，料理前辈蒋伯器先生之丧葬。伯器系小月岳丈，义自不容辞耳。

中午在祖牟家吃午饭，祖牟住屋，系文肃公故宅，宫巷廿二号。同席者，有福州藏书家陈几士氏，林汾贻氏。陈系太傅之子，示以文诚公所藏郑善夫手写诗稿，稀世奇珍，眼福真真不浅。另有明代人所画闽中十景画稿一帙，亦属名贵之至；并蒙赠以李畏吾岭云轩琐记一部，为贯通儒释道之佳著，姚慕亭在江西刻后，久已不传，此系活字排本，后且附有续选四卷，较姚本更多一倍矣。林汾贻氏，为文忠公后裔，收藏亦富，当改日去伊家一看藏书。

晚上在中洲顾家吃晚饭，苇臣已去福清，遇同学林湘臣氏。

入夜微雨，但气候仍温和，当不至于有大雨；福州天气，以这种微雨时为最佳。

三月三十日，（三月初八），星期一，阴晴。

晨起读同文书院发行之杂志支那三月号，费三小时而读毕。十时后去省府，看上海天津各报，中日外交，中枢内政，消息仍甚沈闷；但欧洲风云，似稍缓和，也算是好现象之一。

中饭后，步行出北门，看新筑之汽车道，工程尚未完成。桃花遍山野，居民勤于工作，又是清明寒食节前之农忙时候了。

午后回寓小睡，接杭州上海来之航空信，快信十余封，当于明日作覆。晚间又有饭局两处，至十时微醉回来，就上床睡觉。

三月三十一日，（三月初九），星期二，阴晴。

晨起，至省府探听最近本省政情；财政不裕，百废不能举，福建省建设之最大难关在此。理财诸负责人，又不知培养税源，清理税制，都趋于一时乱增税收；人民负担极重，而政府收入反不能应付所出。长此下去，恐非至于破产不可，内政就危险万状，国难犹在其次。

午后，晚上，继续为人家写字，屏联对子，写了百幅内外；腰痛脚直，手也酸了。晚上十时上床，读蜀中名胜记。三月今天完了，自明日起，当另记一种日记。

三月末日记

浓春日记

一九三六年四月，在福州之南台。

四月一日，（阴历三月初十），星期三，阴晴。

将历本打开来一看，今天是旧历的三月初十，去十四的清明节只有四日了；春进了这时，总算是浓酣到绝顶的关头，以后该便是莺声渐老，花到荼蘼，插秧布谷的农忙的节季。我的每年春夏之交要发的神经衰弱症，今年到了这半热带的福建，不知道会不会加重起来？两礼拜前，一逢着晴暖的日子，身体早就感到了异常的困倦，这一个雨水很多，地气极暖的南国气候，不知对我究竟将发生些怎么样的影响？

今天一早起来，开窗看见了将开往上海去的大轮船的烟突，就急忙写信，怕迟了又要寄不出而缓一星期。交通不便，发信犹如逃难摸彩，完全不能够有把握，是到闽以后，日日感到的痛苦；而和霞的离居两地，不能日日见面谈心，却是这痛苦的主要动机。

信写完后，计算计算在这半个月里要做的事情，却也不少，唯一的希望，是当我没有把这些事情做了之先，少来些和我闲谈与赐访的人。人生草草五十年，一寸一寸的光阴，在会客闲谈里费去大半，真有点觉得心痛。现在为免遗忘之故，先把工作次序，及名目开在下面：

闲书的编订（良友）

闽游滴沥的续稿（宇宙风）

高楼小说及自传的末章（论语）（说预言，如气候之类；说伪版书，说读书，等等）

记闽浙间的关系之类（越风）（从言语，人种，风习，历史，以及人物往来上立言。）

戚继光的故事（东南日报）（泛记倭寇始末并戚的一代时事。）

明末的沿海各省（预备做“明清之际”小说的原料。）

凡上记各节，都须于这半月之内，完全弄它们成功才行。此外则德文短篇的翻译，和法文的复习，也该注意。有此种种工作，我想四月前半个月，总也已经够我忙了；另外当然还有省府的公事要办，朋友的应酬要去。

到福建之后，将近两月；回顾这两月中的成绩，却空洞得很。总算多买了二百元钱的旧书，和新负了许多债的两件事情，是值得一提的。

午后到福龙泉去洗了一个澡，买了些文房具和日用必需的什器杂物，像以后打算笼城拼命，埋头苦干的准备。像这样浓艳的暮春的下午，我居然能把放心收得下，坐在这冷清清的案头，记这一条日记，而预排我的日后的课程，总算可以说是我的进步；但反过来说，也未始不是一种衰老现象的表白，人到了中年，兴趣就渐渐杀也。

接到良友来催书稿的信，此外还附有新印行的周作人先生的散文集苦竹杂记一册。

四月二日，（三月十一），星期四，阴晴。

昨晚下了微雨，今晨却晴了，江浙有棠棣花开落夜雨之谣，现在正是棠棣花开的时候。早晨六时起床，上省立图书馆去看了半天钱唐徐景熹朴斋编之乾隆福州府志。当时广西陈文恭公宏谋在任闽抚，而襄其事者，又有翰林院庶吉士会稽鲁曾煜，贡生钱唐施廷枢辈，所以这一部府志，修得极好。徐景熹为翰林院编修，系当时之福州府知府，当为一时的名宦无疑。书共有二十六册，今天只看了两册，以后还须去看两天，全部方能卒业。此外还有王应山之闽都记，陈寿祺之福建通志，省图书馆目录中也有，当都去取出来翻阅一过。现代陈石遗新编之通志，尚未出全，内容亦混乱不堪，不能看也。

午后又写了一封给霞的信，告以闽省财政拮据万状，三四五月，怕将发不出薪水全部。我自来闽后，薪水只领到百余元，而用费却将有五百元内外了；人家以为我在做官，所以就能发财，殊不知我自做官以后，新债又加上了四百元，合起陈债，当共欠五千元内外。

旁晚接此间福建民报馆电话，属为小民报随便写一点什么，因为作短稿一则，名《说写字》。

晚上在中洲顾家吃饭，饭后写字，至十时返寓。

四月三日，（三月十二），星期五，晴和。

晨六时起床，即去省立图书馆看了半天书。经济不充裕，想买的书不能买，所感到的痛苦，比肉体上的饥寒，还要难受。而此地的图书馆，收藏又极简啬；有许多应有的书，也不曾备齐。午后在韩园洗澡，在广裕楼吃晚饭。

闽主席将出巡，往闽南一带视察，颇思同去观光，明日当将此意告知沈秘书。

晚上又有人来谈，坐到十二点始入睡。

四月四日，（三月十三），星期六，晴爽。

今天是儿童节，上一处小学会场去作了一次讲演，下来已经将近中午了；赶至省府，与沈秘书略谈了几分钟，便尔匆匆别去。出至南后街看旧书，买无锡丁杏舫听秋声馆词话一部二十卷，江都申及甫笏山诗集一部十卷，书品极佳，而价亦不昂。更在一家小摊上买得王夫之之黄书一卷，读了两个钟头，颇感兴奋。王夫之，顾炎武，黄梨洲的三人，真是并世的大才，可惜没有去从事实际的工作。午后回寓小睡。

今昨两日，叠接杭州来信七八封，我只写答函一。市长企虞周氏，也来了一封信，谓杭地苦寒，花尚未放云。

四月五日，（三月十四），星期日，阴晴，时有微雨。

今日是清明节，每逢佳节，倍思家也。晨八时，爱其来，与刘运使，王医生及何熙曾氏，共去鼓岭，在岭上午膳；更经浴风池而至白云洞一片岩下少息。过三天门，云屏，挹翠岩龙脊路，凡圣寺，观瀑亭，积翠庵，布头而回城寓，已经过了七点钟了。

晚上在青年会前一家福聚楼吃晚饭，十一时上床。

四月六日，（三月十五），星期一，晴，暖极。

晨起，正欲写家信，而顾君等来，只匆匆写了一封日本驻杭领事松村氏的信，就和他们出去。

先在西湖公园开化寺门前坐到了下午，照相数帧；后又到南公园看了荔子亭，望海楼的建筑。盖南公园本为耿王别墅，曲水回环，尚能想见当年的布置。

自南公园出来，日已垂暮，至王庄乐天温泉洗澡后，一片皓月，已经照满了飞机广场。鼓山极清极显，横躺在月光海里，几时打算于这样的月下，再去上山一宿，登一登绝顶的屴崱高峰。

晚上丁玉树氏在嘉宾招饮，饭后复至赛红堂饮第二次，醺醺大醉，回来已将十二点钟。

四月七日，（三月十六），星期二，晴，大热，有八十二度。

晨起就觉得头昏，宿醉未醒，而天气又极闷热也。一早进城，在福龙泉洗澡休卧，睡至午后一点，稍觉清快。上商务印书馆买福州旅行指南一册，便和杨经理到白塔下瞎子陈玉观处问卜易。陈谓今年正二月不佳，过三月后渐入佳境；八月十三过后，交入甲运，天罡三朋，大有可为，当遇远来贵人。以后丁丑年更佳，辰运五年——四十六至五十一——亦极妙，辰子申合局，一层更上，名利兼收。乙运尚不恶，至五十六而运尽，可退休矣，寿断七十岁。（前由铁板数推断，亦谓死期在七十岁夏至后的丑午日。）子三四，中有一贵。大抵推排八字者，语多如此，姑妄听之，亦聊以解闷而已。

返寓后，祖牟来，苇臣来，晚上有饭局二处，谢去，仍至苇臣家吃晚饭。

月明如昼，十时上床。

四月八日，（三月十七），星期三，雨热。

早晨偕青年会王总干事去看陈世鸿县长，中午在李育英氏家吃午饭，盖系李氏结婚后八周年纪念之集会。饭后遵环城路走至福建学院，访同乡葛氏。天气热极，约有八十五六度，比之昨日，更觉闷而难当。

返寓后，又有人来访，弄得我洗脸吃烟的工夫都没有，更谈不上写信做文章了。晚上早睡，月亮仍很好，可是天像有点儿要变，因黑云已障满了西北角。

四月九日，（三月十八），星期四，狂风大雨。

昨晚半夜起大风，天将明时，雷雨交作，似乎大陆也将陆沈的样子。赖此风雨，阻住了来客，午前半日，得写了三封寄杭州的信。正想执笔写文章，而来访者忽又冒雨来了，恨极。

午后略看福州府旧志之类，自明日起，当赶写论语与宇宙风的稿子。

读光绪三年一位武将名王之春氏所著之椒生随笔八卷，文笔并不佳，但亦有一二则可取处。又书中引戚继光纪效新书，赵瓯北所著书，及曾文正公奏议之类过多，亦是一病。

接上海署名黑白者投来稿子一件，为改了一篇发表，退回了一篇。

四月十日，（三月十九），星期五，阴雨终日。

午前为写《记富阳周芸皋先生》稿，想去省立图书馆看书，但因在开水灾赈务会而看不到。途中却与主席相遇，冒雨回来，赶写至下午，成二千五百余字。

晚上接霞四日，五日，六日所发的三封信，中附有阳春之照片一张；两月不见，又大了许多。

杭州新屋草地已铺好，树也已经种成，似乎全部将竣工了，可是付钱却成问题。

明日午前，当将论语稿写好寄出；下午当再写宇宙风稿三千字，因为后日有船开，迟恐寄不出去。

四月十一日，（三月二十）星期六，阴雨，似有晴意。

午前写高楼小说四则，以快信寄出。几日来，因经济的枯窘，苦无生趣，因而做稿子也不能如意；这情趣上的低气压，积压已有十日，大约要十五日以后，才去得了，屈指尚有三整日的悒郁也。

接霞四，五，六日发的三封平信，即作覆。午后闽报社长松永氏来谈，赠以新出之游记一册。今晚当早睡，明晨须出去避客来，大约中午前可以回来写那篇宇宙风的稿子，不知也写得了否。

四月十二日，（二月廿一），星期日，午前雨，后晴。

晨起，宿舍内外涨了大水，到了底层脚下，有水二尺多深。一天不能做事情，为大水忙也。听说此地每年须涨大水数次，似此情形，当然住不下去了。打算于本月底，就搬出去住。

第一，当寻一大水不浸处，第二，当寻一与澡堂近一点的地方。在大街最为合宜，但不知有无空处耳。

晚上在商务印书馆杨经理家吃晚饭，当谈及此次欲搬房子事，大约当候杭州信来，才能决定。

四月十三日，（三月廿二），星期一，晴爽。

晨起看大水，已减了一尺，大约今天可以退尽。写闽游滴沥之四，到下午两点钟，成三千五百字。马上去邮局，以航空快信寄出，不知能否赶得到下一期的宇宙风。寄信回后，进城去吃饭，浴温泉，旁晚回寓，赶写寄霞之快信一封，因明日有日本船长沙丸开上海。

晚上早睡，打算于明晨一早起来，到省署去打听打听消息。

四月十四日，（三月廿三），星期二，晨微雨，后晴。

侵晨即起，至大庙山，看瞭望台，志社诗楼，禁烟总社及私立福商小学各建筑物。山为全闽第一江山，而庙亦为闽中第一正神之庙，大约系祀闽王者。下山后，重至乌石山，见山东面道山观四号门牌毛氏房屋，地点颇佳；若欲租住，这却是好地方，改日当偕一懂福州话的人去同看一下。

午后略访旧书肆一二家，遂至省府。返寓已两点，更写寄霞之平信一封，问以究竟暑假间有来闽意否？今日神致昏倦，不能做事情。明日为十五日，有许多事情积压着要做，大约自明日起，须一直忙下去了。

自传稿，蜃楼稿，拜金艺术稿，卢骚漫步稿，都是未完之工作，以后当逐渐继续做一点。

近来身体不佳，时思杭州之霞与小儿女！“身多疾病思回里”，古人的诗实在有见地之至。

晚上被邀去吃社酒，因今天旧历三月廿三，为天上圣母或称天后生日。关于天后之史实，抄录如下：

天后传略

神林姓，名默，（生弥月，不闻啼声，因名），世居蒲之湄洲屿，宋都巡官惟慤第六女也。母王氏，梦白衣大士授丸，遂于建隆元年生神，生有祥光异香。稍长，能豫知休咎事，又能乘席渡海，驾云游岛屿间。父泛海舟溺，现梦往救。雍熙四年升化，宝庆二十八年。神每朱衣显灵，遍梦湄洲父老，父老遂祠之，名其墩曰圣墩。宣和间，路允迪使高丽，舟危，神护之归，闻于朝，请祀焉。元尝护海漕。明洪武初，复有护海运舟之异；永乐间，中使郑和，下西洋，有急，屡见异，归奏闻。嘉靖间，护琉球诏使陈侃，高澄；万历间，护琉球诏使萧崇业，谢杰；入清，灵迹尤著。雍正四年，巡台御史禅济布，奏请御赐神昭海表之额，悬于台湾厦门湄洲三处；并令有江海各省，一体葺祠致祭。洋中风雨晦暝，夜黑如墨，每于樯端见神灯示祐。莆田林氏妇人，将赴田者，以其儿置庙中，曰，姑好看儿，去终日，儿不啼不饥，不出阈，暮夜各携去，神盖笃厚其宗人云。（采福建通志，详见湄洲志略。）

四月十五日，（三月廿四），星期三，晴爽。

晨起，至省署，知午后发薪。返寓后小睡，爱其来，示以何熙曾氏之诗一首，并约去嘉宾午膳，同时亦约到刘运使树梅，郑厅长心南来。饮至午后三时，散去；又上萃文小学，参观了一周。

四时至省署，领薪俸，即至南后街，买秦汉三国晋南北朝八代诗全集一部，系无锡丁氏所印行；黟县俞正燮理初氏癸巳存稿一部，共十五卷；杭州振绮堂印行之杭世骏道古堂全集十六册，一起化了十元。

晚上在中洲顾宅吃晚饭。接上海霞来电，谓邵洵美款尚未付全。明晨当写一航空信去杭州，属以勿急。

遇汽车管理处萧处长于途上，属为写楹帖一幅；并约于十日内去闽南一游，目的地在厦门。

四月十六日，（阴历三月廿五），星期四，晴和。

晨六时起床，写一航空信寄霞，即赶至邮局寄出。入城，至乌石山下，看房屋数处，都不合意。

天气好极，颇思去郊外一游，因无适当去所，卒在一家旧书铺内，消磨了半天光阴。

下午接洵美信，谓款已交出；晚上早睡，感到了极端的疲倦与自嫌，想系天气太热之故。

四月十七日，（三月廿六），星期五，晴热。

晨六时起床，疲倦未复，且深感到了一种无名的忧郁，大约是因孤独得久了，精神上有了 Hypochondriae 的阴翳；孔子三月不违仁之难的意义，到此才深深地感得。

为航空建设协会，草一播音稿送去，只千字而已。

前两星期游鼓岭白云洞，已将这一日的游踪记叙，作闽游滴沥之四了；而前日同游者何熙曾氏，忽以诗来索和，勉成一章，并抄寄协和大学校刊，作了酬应：

竭来闽海半年留，历历新知与旧游，欲借清明修禊事，却嫌芳草乱汀洲，振衣好上蟠龙径，唤雨教添浴风流，自是岩居春寂寞，洞中人似白云悠。

中午，晚上，都有饭局，至半夜回寓，倦极。

四月十八日，（三月廿七），星期六，晴热。

今天陈主席启节南巡，约须半月后返省城，去省署送行时，已来不及了。天气热似伏中，颇思杭州春景，拟于主席未回之前，回里一看家中儿女子。

午后谢六逸氏有信来索稿，为抄寄前诗一道。明后两日内，当把闲书编好，预备亲自带去交给良友也。今日为旧历二十七日，再过两日，春事将完；来闽及三月，成绩毫无，只得两卷日记耳，当附入闲书篇末，以记行踪。

四月十九日，（三月廿八），星期日，热稍褪，午后雨。

晨起，入城会友数人；过寿古斋书馆，买李申耆养一斋文集一部，共二十卷，系光绪戊寅年重刊本，白纸精印，书品颇佳。外更有阳湖左仲甫念宛斋诗集一部，版亦良佳；因左为仲则挚友，所以出重价买了来，眉批多仲则语。

中午回寓，则闽报社长松永氏已候在室，拉去伊新宅（仓前山）共午膳。宅地高朗，四面风景绝佳，谓将于夏日开放给众友人，作坐谈之所。饭后，复请为闽报撰一文，因自后天起该报将出增刊半张，非多拉人写稿不可，答应于明晚交卷。

晚上，雨过天青，至科学馆列同学会聚餐席，到者二十余人，系帝大同学在闽最盛大之集会；约于两月后再集一次，以后当每两月一聚餐也。

眼痛，一时颇为焦急，疑发生了结膜炎，半夜过渐平复，当系沙眼一时的发作。

四月二十日，（三月廿九），星期一，阴，后微雨。

晨五时即醒，便睡不着。心旌摇摇，似已上了归舟。为葛志元书条幅一张，系录旧作绝句者。

八时起为闽报撰一小文，为《祝闽报之生长》。旁午出去还书籍，买行装；良友之书，打算到船上去编。今天为旧历三月底，按例下月闰三月，尚属春末，但这卷日记，打算终结于此。

晚上还有为设筵作饯者数处，大约明日船总能进口，后日晚间，极迟至大后天早晨，当可向北行矣；三月不见霞君，此行又如初恋时期，上杭州去和她相会时的情形一样，心里颇感得许多牢落也。

一九三六年四月二十日午前记

中午商务书馆杨经理约在鼓楼西街一家小馆子里喝酒，饮至半酣，并跑上了爱园去测字。两人同写一商字，而该测字者，却对答得极妙，有微中处；且谓床宜朝正西，大富贵亦寿考。

自爱园出来，又绕环城路步行至南门，上了乌石山东面的石塔。这塔俗称黑塔，与于山西面之白塔相对；共高七层，全以条石叠成。各层壁龛中，嵌有石刻佛像，及塔名碑与捐资修建之人名爵里等。最可恶的，是拓碑的人，不知于何时将年分及名姓都毁去了；但从断碑烂字中，还可以辩出是五代末闽王及宫中各贵胄妃嫔公主等集资修建者，当系成于西历第十世纪上半期中的无疑。福州古迹，当首推此塔，所可恨的，是年久失修，已倾坍了一二层了。勉强攀登上去，我拼了命去看了一看各龛中的石刻。所见到的，是第三层上东面的那块“崇妙保圣坚牢之塔”的大字碑，及第二层“南无当来下生弥勒尊佛”的刻像，一角刻有“女弟子大闽国后李氏十九娘，为自身，伏愿安处六宫，高扬四教，上寿克齐于厚载，阴功永福于长年”的两条愿赞。此外每层各有佛像，亦各有不同的佛名和愿赞刻在两角，如尚氏十五娘，王氏二十六娘（当系公主之出嫁者）二十七娘之类。两礼拜后若重返福州，想去翻出志书旧籍来，再详考一下。临行之前，发见了这一个宝库，也总算是来了一趟福州的酬劳。至如莲花峰下闽王审知的墓道之类，是尽人皆知的故实，还不足为奇，唯有这塔和浙江已倒的雷峰塔有同世纪之可能的一层，却是很有趣的一件妙事。已将行装整理了一半了，因下午偶然发见了此塔，大喜欲狂，所以又将笔墨纸箧打开，补记这一条日记。晚上须出去应酬，以后三五天内，恐将失去执笔的工夫。

二十日下午五时记。

图书在版编目（CIP）数据

闲书 / 郁达夫著. — 北京：中国国际广播出版社，2013.1

（良友文学丛书）

ISBN 978-7-5078-3527-4

Ⅰ. ①闲…　Ⅱ. ①郁…　Ⅲ. ①散文集－中国－现代

Ⅳ. ①I266

中国版本图书馆CIP数据核字（2012）第265613号

闲　书

著　　者	郁达夫
责任编辑	杜春梅　姚　兰
版式设计	国广设计室
责任校对	徐秀英
出版发行	中国国际广播出版社（83139469　83139489[传真]）
社　　址	北京复兴门外大街2号（国家广电总局内） 邮编：100866
网　　址	www.chirp.com.cn
经　　销	新华书店
印　　刷	环球印刷（北京）有限公司
开　　本	620×920　1/16
字　　数	116千字
印　　张	15
版　　次	2013 年 1 月　北京第一版
印　　次	2013 年 1 月　第一次印刷
书　　号	ISBN 978-7-5078-3527-4/I・396
定　　价	43.00元

CRI 中国国际广播出版社　欢迎关注本社新浪官方微博　官方网站 www.chirp.cn

人文阅读与收藏·良友文学丛书

(1)	鲁　迅　编译	竖　琴
(2)	何家槐　著	暧　昧
(3)	巴　金　著	雨
(4)	鲁　迅　编译	一天的工作
(5)	张天翼　著	一　年
(6)	篷　子　著	剪影集
(7)	丁　玲　著	母　亲
(8)	老　舍　著	离　婚
(9)	施蛰存　著	善女人行品
(10)	沈从文　著	记丁玲
	沈从文　著	记丁玲续集
(11)	老　舍　著	赶　集
(12)	陈　铨　著	革命的前一幕
(13)	张天翼　著	移　行
(14)	郑振铎　著	欧行日记
(15)	靳　以　著	虫　蚀
(16)	茅　盾　著	话匣子
(17)	巴　金　著	电
(18)	侍　桁　著	参差集
(19)	丰子恺　著	车箱社会
(20)	凌叔华　著	小哥儿俩
(21)	沈起予　著	残　碑
(22)	巴　金　著	雾
(23)	周作人　著	苦竹杂记　（暂缺）